LE PRINCE
HERMOGENE,
TRAGI-COMEDIE.

A PARIS,

Chez TOVSSAINT QVINET, au Palais, dans
la petite Salle, fous la montee de la
Cour des Aydes.

M. DC. XL.

AVEC PRIVILEGE DV ROY.

A
MONSEIGNEVR

:MONSEIGNEVR SERVIEN
CONSEILLER DV ROY EN
ſes Conſeils d'Eſtat & priué, &c.

ONSEIGNEVR,

Ce genereux Hermogene que ie vous preſente vient des extremitez de la terre pour auoir
le bon-heur de vous entretenir, il ſçait que voſtre maiſon eſt le temple de la vertu, & que
voſtre courtoiſie en a touſiours fait l'azile de
ceux que la fortune expoſe aux atteintes du
mal-heur : Bien qu'il ſoit eſtranger ne le croyez
pas vagabond, vne paſſion dereglée ne la pas
tiré hors de ſon pays, mais le bruit de voſtre
merite qui n'eſt pas meſme inconnu aux na-

tions les plus efloignées , luy a fait naiftre la
curiofité de venir admirer en vous, les adorables qualitez qui l'ont rendu autresfois le miracle de fon fiecle , comme elles vous rendent auiourd'huy le prodige, & la merueille du
noftre. Si voftre loifir vous permet de pre-
fter l'oreille au recit de fes aduentures vous
verrez dans le tableau de fa vie, l'image de vos
perfections , & vn illuftre pourtraict de vous
mefme , puis qu'apres mille trauerfes il a con-
traint l'enuie à luy rendre vn hommage quelle
vous rendra quelque iour , quand vaincuë par
voftre prudence elle fera contrainte d'aduoüer
voftre triomphe , & fa deffaite. Ie fçay bien
que cette verité que ie dis offence voftre modeftie , mais fouffrez que ie combatte vne de
vos vertus pour faire efclatter toutes les autres ; & ne me commandez point d'efcouter
cette ennemie de fes propres loüanges dans le
deffein que i'ay de publier des chofes que toute
la France ne fçauroit taire fans ingratitude , &
que tout le monde n'oferoit defaduoüer fans iniuftice. Ne croyez point toutesfois que ie veuil-
le comprendre dans vne lettre ce qui merite
des volumes entiers ; de fi hautes merueilles ne
fe peuuent exprimer par des termes ordinaires,
auffi veux-ie qu'en vne fi noble matiere l'admiration foit toute mon efloquence , & que
l'adueu de ma foibleffe , foit le crayon de vo-

ftre grandeur. Cet affez que l'on fçache que vos foins ont contribué beaucoup à l'affermiffe-ment de cette monarchie, & qu'eftant heureu-fement paruenu aux charges les plus confidera-bles de la Couronne, voftre efprit à laiffé par tout des marques de voftre gloire. Ces confi-deratiõs, Monfeigneur, ont obligé ce braue Her-mogene à venir implorer voftre fecours con-tre fes enuieux ; quelques rares qualitez qu'il ait, il n'eft pas fans ennemis, & comme autre-fois on luy a voulu rauir la Couronne qu'il auoit fi legitiment meritée, peut-eftre que maintenant on tafchera encore de luy ofter le prix qu'il attend de fa vertu ; mais fi vous en-treprenez fa deffence, il redoutera peu les traits de l'enuie, & fes ennemis feront foibles s'il eft appuyé de voftre perfection, ceft la faueur qu'il efpere de vous, & que ie maffeure que vous luy accorderez, bien quelle vous foit de-mandée par la perfonne du monde qui merite le moins, mais qui defire le plus deftre toute fa vie.

MONSEIGNEVR,

Voftre tres-humble tres-obeïffant & tres-affectionné feruiteur.
D E S F O N T A I N E S.

PRIVILEGE DV ROY.

LOVIS PAR LA GRACE DE DIEV ROY DE FRAN-
CE ET DE NAVARE, à nos amez & feaux Conseillers les
Gens tenans nos Cours de Parlement Maistres des Requestes ordinaires de Nostre Hostel, Baillifs, seneschaux, Preuosts leurs Lieute-
nans, & à tous autres de nos Officiers qu'il appartiendra, Salut. No-
sture cher & bien aymé Touslainct Quinet, Marchant Libraire de nostre bonne
ville de Paris, nous à fait remostrer qu'il desiroit faire imprimer vne piece de thea-
tre intitulée *Hermogene, Trag-Comedie,* ce qu'il ne peut faire sans auoir sur ce
nos lettre humblement requerant icelles A CES CAVSES desirant fauorable-
ment traitter ledit exposant, nous luy auons permis & permettons par ces presentes de faire imprimer, vendre debiter en tous lieux de nostre obeïssance, ledit liure
en telle marge & tel caractere & autant de fois qne bon luy semblera durant le
temps & espace de *cinq ans,* entiers & accomplis à conter du iour que ledit liure
sera acheué d'imprimer pour la premiere fois, & faisons tres-expresses deffenses à
toutes personnes de quelque qualité & condition qu'elles soient de l'imprimer faire imprimer vendre ny debiter durant ledit temps en aucun lieu de nostre obeïssance sans le consentement del exposant, sous pretexte d'augmentation, correc-
tion, changement de tiltre, fauces marques ou autres en quelque sorte & maniere
que ce soit, à peine de trois mil liures d'amande payable sans deport, nonobstant
opositions ou appellations quelconques par chacun des contreuenans, appliqua-
bles vn tiers à nous, vn tiers à l'Hostel Dieu de nostre bonne ville de Paris,& l'autre tiers audit exposant, confiscation des exemplaires contrefaits & de tous des-
pens dommages & interrests à condition qu'il en sera mis deux exemplaires en nostre
Bibliotheque publique, & vn en celle de nostre tres-cher & feal le sieur Seguier Che-
ualier Chancelier de France, auant que de les exposer en vente, à peine de nulité des
presentes, du contenu desquelles nous vous mandons que vous faissiez iouïr & vser
plainement & paisiblement ledit exposant, & tous ceux qui auront droit de luy
sans aucun empeschement. Voulons aussi qu'en mettant au commencement ou à
la fin dudit liure vn extraict des presentes, elles sont tenuës pour deuëment signi-
fiées & que foy y soit adiousstée, & aux copies d'icelles collationnées par l'vn de
nos amez & feaux Conseillers & Secretaires, comme à l'original, Mandons aussi au
premier nostre Huissier ou Sergent sur ce requis de faire pour l'execution des presentes tous exploits necessaires sans demander autre passion. CAR TEL EST
NOSTRE PLAISIR, Nonobstant clameur de Haro, & Chartres Norman-
des & autres lettres à ce contraires. Donné à Chaliot le 14. iour de May l'an de
grace mil six cens trente-huict & de nostre regne le vingt-huictiesme.

Par le Roy en son Conseil,

D. MONÇEAVX.

Les exemplaires ont esté fournis, ainsi qu'il est porté par les lettres de Priuilege.

Acheué d'Imprimer la premiere fois le 15. Auril, 1639.

LES ACTEVRS.

POLIANTE,	Prince de Cypre.
HERMOGENE,	Prince eſtranger.
FALANTE,	Prince de Cypre.
ARBANES,	Prince eſtranger.
GELIASTE,	Prince eſtranger.
EVRIDEME,	Gentil-homme Cyprien.
CLINDOR,	Confident de Poliante.
TYRINTE,	Officiers d'Hermogene.
ALTIRSE,	
PHILISTE,	
EVDROME,	Prince eſtranger.
THEMISTE,	Prince eſtranger.
ORIANE,	Reine de Cypre.
NARCIZE,	Sœur de Poliante.
LYSIDE,	Dame Cyprienne.

La Scene eſt à Nicoſie.

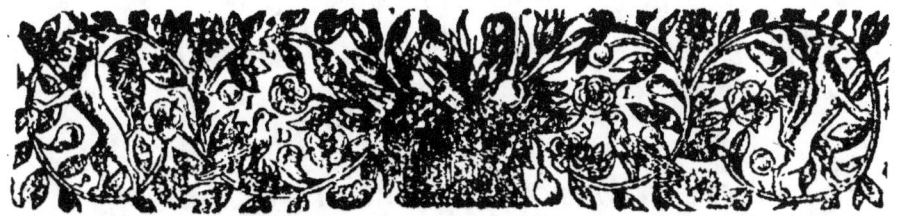

HERMOGENE
TRAGI-COMEDIE.
ACTE I.

SCENE PREMIERE.

POLIANTE, NARCIZE.

POLIANTE.

Arcize, ie l'aduoüe: Oriane est par-
  faite,
A peine ma raison s'oppose à ma
  deffaite,
Et mon cœur se rendroit partizan
  de mes yeux,
Si ie resistois moins l'authorité des Dieux:
I'admire comme toy ce miracle visible,
Mais malgré ses attraits ie demeure insensible.

A

Et quoy que fa beauté puiffe tout enflamer,
Ie ne fçaurois pourtant me refoudre à l'aymer.

NARCIZE.

Ah ! certes cette humeur a beaucoup de foibleffe
Qui ne vous permet pas d'aymer vne Princeffe,
Dont les charmes puiffans peuuent deffous fes loix
Ranger les libertez des plus fuperbes Rois :
Poliante, les Dieux ayment trop leurs ouurages
Pour voir d'vn œil ialoux de fi iuftes hommages,
Et fans crime on ne peut haïr vne beauté
Puis que c'eft vn rayon de leur Diuinité.
Adreffez doncq vos vœux aux attraits d'Oriane,
Sans apprehenfion de vous rendre prophane,
Et que celle de qui tout le monde eft efpris,
Ne foit pas à vous feul vn obiet de mefpris,

POLIANTE.

Ma hayne (chere fœur) n'eft point particuliere,
Tout voftre fexe en eft la funefte matiere,
Et fi le fang n'euft fait noftre inclination
Tu participerois à cette auerfion.

NARCIZE.

Iuftes Dieux ! d'où vient cet eftrange caprice !
Quel pretexte authorize vne telle iniuftice ?

Et pour quelles raisons estes vous animé
Contre vn sexe innocent si digne d'estre aymé?
Ne sçauriez vous souffrir qu'il ayt cet aduantage
D'auoir receu du ciel les beautez en partage?
De si rares attraits vous rendent-t'ils ialoux?
Portez vous de l'enuie à des charmes si doux?
Ah! cette passion ne sied qu'aux ames basses,
Et qui hait nostre sexe est ennemy des graces.

POLIANTE.

Ie puis par les raisons de la mesme equité
Hayr les ennemis de ma felicité,
Et dans mes sentimes c'est à tort qu'on me blasme,
Puis que tout mon mal-heur doit naistre d'vn fem=
me.

NARCIZE.

Il est vray que parfois vn obiet imprudent
Peut estre le motif d'vn funeste accident,
Mais quel mal peut causer vne Reine innocente?
Vne ieune beauté, vertueuse, charmante,
Humble, sage, modeste, & telle que nos yeux
Doiuet croire qu'elle est vn chef d'œuure des cieux.

POLIANTE.

Ces rares qualités meritent qu'on l'adore,

Mais telle fut iadis cette belle Pandore
Où les Dieux à l'enuy firent tous leurs efforts
Pour la rendre admirable & d'esprit, & de corps:
Cette beauté pourtant en charmes si feconde,
De maux, & de mal-heurs a remply tout le mon-
   de,
Et tandis que ses yeux enchantoient les humains,
Elle portoit leur perte en ses fatales mains.

NARCIZE.

La curiosité d'vne main indiscrette
Fit vn mal-heur public d'vne faute secrette.

POLIANTE.

Et le mesme desir ioint à l'ambition
Produira mesme effect en mesme occasion.

NARCIZE.

Appellez vous mal-heur vne auguste couronne?

POLIANTE.

Non: ie la cherirois sans celle qui la donne,
Mais la crainte que i'ay de viure soubs sa loy
Me faict mesme hayr la qualité de Roy.

NARCIZE.

Vous fuyez vne loy qui n'a que des delices.

POLIANTE.

Ie fuy ce qui seroit cause de mes supplices,
Et pour te faire voir que ie n'ay point de tort,
Apprens en peu de mots la rigueur de mon sort;
Vn iour trop curieux de sçauoir ma fortune,
Ie consultay l'oracle, & sa voix importune
Respondit que i'aurois vn destin malheureux
Si iamais quelque obiet me rendoit amoureux:
Du depuis interdit par cet arrest seuere
Ie n'ay plus inuoqué la Reyne de Cythere,
Et ie me suis priué de ce doux sentiment
Dont toute la nature vse si librement.

NARCIZE.

He bien puisque les dieux par la voix des oracles
Donnent à vostre amour de si puissans obstacles,
Despouillez vostre cœur de cette passion,
Mais souffrez qu'en son lieu regne l'ambition.
Si la belle Oriane est fatale à vostre aise,
Qu'au lieu de sa beauté sa couronne vous plaise,
Et puisque vostre erreur vous la faict desdaigner,
Du moins laissez vous vaincre au desir de regner:

Banniſſez cette peur dont voſtre ame eſt atteinte,
Le troſne eſt vn azile où ne va pas la crainte,
Et ſi vous paruenez à ce hault rang d'honneur,
Vous ſerez Polyante, au deſſus du malheur;
Tout veillera pour vous, mille braues courages
Vous mettront à couuert des plus ſanglans orages,
Et meſme ſans vſer d'vn abſolu pouuoir,
Le ſeul reſpect tiendra chacun en ſon deuoir:
Iugez apres cela ſi ce n'eſt pas foibleſſe
De viure plus long-temps en l'erreur qui vous bleſ-
    ſe,
Et de fuir vn bien ſi charmant, & ſi doux
Qu'il ne s'eſt iamais veu meſpriſé que de vous;
Pour cette qualité ſi pompeuſe, & ſi chere
N'at'on pas veu l'enfant s'armer contre le pere,
Et le frere enuieux d'vn pouuoir ſouuerain
Diſputer vaillamment le ſceptre à ſon germain?
Sans doute Polyante, & ce ſuperbe empire
Eſt auiourd'huy le but où tout le monde aſpire,
Ce royaume eſt l'eſpoir de mille ambitieux,
Rendez vous proſſeſſeur d'vn bien ſi precieux,
Et ne permettez pas que des autres prouinces
Par voſtre laſcheté l'on vous donne des princes,

POLIANTE.

Tes diſcours, chere ſœur, font voir ta paſſion

Mais quand i'obeirois à ton ambition,
Et que pour cet esclat de grandeur souueraine
Ie pouuois oublier & ma crainte, & ma hayne:
Croy tu que ce dessein tenté si vainement
Se rende fauorable à mes veux seulement ?

NARCIZE.

Oüy vous deuez tenter cette heureuse aduanture,
C'est de vous que la boette attend son ouuerture,
Et le bandeau royal qu'elle tient enfermé
Doit briller auiourd'huy sur ce front bien aymé:
Vous estiez fauory du feu Roy Zenopire,
Et ce Prince en mourant vous eust laissé l'empire,
Si des dieux immortels il n'eust reçeu la loy
Qui veut que le hazard donne à la Cypre vn
    Roy.
Mon frere croyez moy, le ciel est assez iuste,
Pour vous fauoriser de cette place auguste,
Et malgré vos mespris vous verrez qu'en effect
La fortune fera ce que le chois eust faict,
La riche boette d'or d'où le destin or donne
Que pour regner à Cypre on tire la couronne
Est composee en rond de cinq cercles diuers
Dont les ressors encor ne sont pas descouuers,
Et porte sur son front en riche caractere
Vn Enigme graué qui n'est pas sans mystere,

Sans doute c'eſt le point où giſt tout le ſecret
Qui pluſtoſt que des mains veut vn eſprit adroit,
Le ſens en eſt obſcur, ainſi que les parolles,
Mais elles ne ſont pas ny vaines ny friuoles,
Le ſceptre eſt pour celuy qui peu les expliquer,
Et ie vay maintenant vous les communiquer.

L'ENIGME.

Souuent ſans y penſer ma mere me faict nai-
ſtre,
Cette inhumaine auſſi refuſe à me nourrir,
Ceux qui me font du bien loing de le recon-
noiſte,
I'eſpere mon adreſſe à les faire ſouffrir:
Bien que ie ſois ſans corps & d'eſſence inuiſi-
ble,
I'agis deſſus les corps & ie me rens ſenſible,
Mais ne pretendez pas me connoiſtre par là,
Car tantoſt ie ſuis humble, & tantoſt plein
d'audace,
Ie ſuis tyran, flatteur, tantoſt feu, tantoſt gla-
ce,
Et mon eſtre pourtant n'eſt rien de tout cela.

POLIANTE,

POLIANTE.

Quel Oedipe pouroit comprendre ce miſtere,
Ces paroles ma ſœur m'obligent à me taire,
Plutoſt que de montrer deuant toute vne cour
Que ie manque d'adreſſe auſſi bien que d'amour.

NARCIZE.

Mon frere vous manquez ſeulement d'aſſeuran-
ce,
Mais tirez de mes ſoins vne heureuſe eſperance,
Ie ſçay d'où vous attendre du ſecours
En l'eſclairciſſement de ce facheux diſcours.

POLIANTE.

Et coment?

NARCIZE.

Eſcoutez, hier par fantaiſie
Que ie me promenois autour de Nicoſie
Ie vis vn payſan qui faiſant vn foſſé,
Quitta ſoudainement l'ouurage commencé
Et puis tou eſtonné ſe pancha contre terre
Pour plus facilement en tirer vne pierre,
Dont la forme monſtroit par les effets de l'art
Quelle n'eſtoit pas la produitte par hazart:

B

J'abborday ce bon homme, & ie iettay la veuë
Deſſus vne merueille à ſes yeux Inconnuë,
La pierre eſtoit graueé, & les mots eſtoient tels :
Mortels ne troublez pas des manes immortels,
Jcy par les effects d'vne eſtrange aduenture
Vn des fils du ſoleil à faict ſa ſepulture.
Ie m'attache à ces mots, i'en medite le ſens,
Ie compte, & ie faits voir ce prodige aux paſſans,
Mais tous eſgallement confus de ce miracle
Ne pouuoient expliquer ce merueilleux oracle :
L'vn diſoit qu'il falloit que ce fuſt Phaëton
Qui fuſt par cet endroit chez Pluton,
Où que quelqu'autre fils du Dieu de la lumiere
Euſt iadis en ce champs baſty ſon cimetiere :
Mais vn ieune eſtranger en cet occaſion
Nous tira de l'erreur de noſtre opinion,
Et par vn rare effect nous fit voir le miſtere
Que cachoit aux humains ce diuin caractere :
Jl nous dit que de vray dans ce champs ſans pareil
On voyoit le tombeau d'vn enfant du ſoleil,
Non pas de celuy là qu'vn deſir temeraire
Miſt trop imprudemment dans le char de ſon pere,
Mais de ce beau metail que cet aſtre produit
Et qui d'vn meſme eſclat en ce monde reduit,
Apres la verité de cette experience
J'abborday l'eſtranger dont la rare ſcience,

Void clair dans les secrets les plus prodigieux
Qu'ait iamais inuentez l'artifice des Dieux:
Ie le meine chez nous, mon pere le carreße,
Et pour le retenir i'vse de mon adreße,
Il tasche à s'en deffendre auec ciuilité,
Mais ie l'emporte enfin par importunité:
Alors ie le contemple, & deßus son visage,
D'vn Prince genereux ie voy la haute image,
Et tel que ie le creus destiné par les Dieux
Pour venir occuper l'empire de ces lieux.

POLIANTE.

Peut estre n'as tu pas vne croyance vaine
Et c'est aßeurement cet espoir qui l'ameine.

NARCIZE.

Non : ie l'ay Poliante aßez entretenu
Pour sçauoir qu'il n'est pas pour le sceptre venu,
Mais qu'auec les debris de son triste naufrage,
Le malheur seulement la mis sur ce riuage.

POLIANTE.

Où le sort inconstant laßé de l'affliger
Fait semblant de le perdre afin de l'obliger.

NARCIZE.

Ni mporte, auparauant qu'il soit veu de la Reine
Voyez cet estranger il s'appelle Hermogene,
Vous sçaurez par vn trait de mon inuention,
Le secret de la boette, ou son intention.

POLIANTE.

He bien descouure moy cette ruse subtile,
Qui doit rendre à mes mains ce dessein si facile,
Ie suis tout disposé découter tes aduis.

NARCIZE.

Vous n'aurez pas regret de les auoir suiuis.
Dites luy que n'aguere vne Dame puissante
Et que les loix du sang rendoient nostre parente,
Se voyant paruenuë à la fin de ses iours,
Nous fit presque en mourant vn semblable dis-
  cours.
Mes amis quand mon corps sera priué de vie
Partagez tous mes biens sans fraude, & sans en-
  uie,
Ie me remets à vous : mais par mon testament
Laissez moy disposer d'vn tresor seulement,
I'ay mis dans vne boette admirable en structure
Les bagues dont iadis ie faisois ma parure,

Mais puis que ie me voy sur le point de mourir,
I'abandonne la beotte à qui pourra l'ouurir.
Apres ce feint discours consultez ce genie,
Pour sçauoir vn secret que le vostre nie,
Asseuré d'obtenir de sa ciuilité,
Tout ce dont il sera par vous sollicité.

POLIANTE.

Tes persuasions ont pour moy tant d'amorces
Que ie me laisse vaincres à leurs aymables for-
ces,
Et puis qu'en ce dessein tu me veux obliger,
Allons voir chere sœur ce diuin estranger.

SCENE DEVXIESME.

ORIANE, EVRIDEME, ARBANES,
EVDROME, GELIASTE, THEMISTE,
FALANTE.

ORIANE.

PRinces dont les vertus sont les illustres mar-
    ques
Que vous deuez remplir les trosnes des Monar-
    ques,
'Maiestueux obiets que ie croy destinez,
Par les arrests du sort pour estre couronnez:
Si la bonté du ciel à mes vœux plus feconde
Auoit mis en mes mains touts les sceptres du mon-
    de,
Oriane auiourd'huy vous rendroit satisfaits,
Et vos nobles espoirs passeroient en effets,
Mais puis qu'en mon pouuoir ie n'ay qu'vne cou-
    ronne
Et reciproquement qu'elle mesme me donne,
Vn seul doit imposer à la Cypre des loix
Et le sort seulement en doit faire le choix.
Dans cette bœtte d'or que soustient Eurideme

Zenopire en mourant à mis le diadéme
Qui de son successeur doit la teste couurir
Quand il aura trouué les moyens de l'ouurir:
S'il est quelqu'vn de vous dont le desir aspire
A la possession de ce superbe Empire,
Qu'il fasse ses efforts, & qu'il remette au iour
Ce qui doit establir & son trosne, & sa cour,
A tous esgalement l'espreuue en est permise.

PALANTE.

Madame si ie tente vne haute entreprise
Croyez que le motif de ma presomption
Frouient plus de l'amour que de l'ambition;
Et que tous vos Estats me feroient peu d'enuie,
Sans ces diuins attraits dont mon ame est rauie:
Mais puis qu'vn si grand bien ne se peut diuiser
Amour puissant demon viens me fauoriser,
Et fay que ta bonté me descouure l'adresse,
Qui me peut acquerir cette rare Princesse.

ORIANE.

C'est vn foible moyen pour estre triomphant
Que d'auoir seulement le secours d'vn enfant;
Falante croyez moy, son aueugle conduitte
Est ordinairement de mal-heureuse suitte,
Ayez plutost recours en cette euenement

A la seule bonté de voſtre iugement.

FALANTE.

Icy mon iugement ſans forcé, & ſans lumiere,
N'adreſſe pas aux Dieux vne iniuſte priere;
Sans eux mon eſperance, & mes efforts ſont vains,
Et mon eſprit eſt foible auſſi bien que mes mains,
Ie ne puis rien comprendre en ce diuin ouurage
Ceſt le ſuperbe eſcueil ou mes vœux font naufrage,
Où plutoſt le tombeau que ma preſomption,
Prepare iuſtement à mon ambition.

EVDROME.

Vous deuez conſtamment ſouffrir cette infortune,
Puis qu'auec tant de rois elle vous eſt commune
Et que le meſme eſpoir qui flattoit vos riuaux,
Les priue comme vous du fruit de leurs trauaux.

ARBANES.

Comme d'vn meſme bien noſtre ame eſtoit eſpriſe,
Vne pareille fin borne noſtre entrepriſe,
Et quoy qu'en ce deſſein nous ayons proposé
Nous aurons ſeulement l'honneur d'auoir oſé.

ORIANE.

Princes qui me comblez d'vne eternelle gloire
Aſſeurez

Asseurez vous au moins de viure en ma memoire
Et croyez que le fort n'aura point de rigueur
Qui vous puisse empescher de regner en mon cœur:
Ie suis trop obligée à vostre bienueillance,
Pour receuoir vos vœux auec indifference,
Ie vous estime tous, & ie me plains des loix
Qui ne me laissent point la liberté du choix;
Mais dis-ie, ma voix forme vne iniuste plainte,
Puis que ma liberté seroit tousiours contrainte,
Et que l'égalité de vos perfections,
Suspendroit en ce choix mes inclinations.

GELIASTE.

Ah! ne vous monstrez point ces bontés souueraines
Qui ne font qu'augmenter nos regrets & nos pei-
*   nes,*
Espargnez nous, Madame, & nous laissez par-
*   tir*
Sans les viues douleurs que vous faites sentir:
Plus vous nous faites voir vos vertus adorables,
Plus en nostre destin nous sommes deplorables,
Car alors que l'on perd quelque bien par malheur
Il est aduantageux d'ignorer sa valeur.

ORIANE.

Si le ciel m'eust donné des qualitez si belles,

C

Il ne m'euſt pas ſoubmiſe à des loix ſi cruelles,
Et mon pere touché d'vn meilleur ſentiment
Et laiſſé ſans contrainte agir mon iugement :
Mais comme il à penſé que i'eſtois incapable
De faire pour la Cypre vn choix conſiderable,
Par ce rare ſecret qu'ont inſpiré les Dieux,
Il deſtine à ſon ſceptre vn Prince ingenieux,
Dont l'eſprit penetrant ſçache auecque prudence
D'vn peuple diſſolu corriger l'inſolence,
Et loing de ſe ſeruir de force ou de rigueur,
Se plaiſe de le vaincre auecque la douceur.

F A L A N T E.

Madame obeïſſez aux vœux de Zenophire,
Et ſelon ſes ſouhaits gouuernez cét Empire,
Car ſeule vous auez l'aimable qualité,
De vaincre tout le monde auec voſtre bonté :
Dans le trône vn ſecond vous ſeroit inutile,
Venus fut bien iadis la reine de cette Iſle,
Et ce peuple paiſible en a receu la loy,
Sans quelle ayt eu ſecours de mary, ny de Roy :
Imitez Oriane, imitez le courage
D'vne diuinité dont vous eſtes l'image,
Et montrez que le faix d'vn ſceptre ſouuerain,
N'aura pas moins de grace en voſtre auguſte main.

ORIANE.

Il est vray que Venus à porté la couronne,
Sans qu'elle ait partagé son pouuoir à personne,
Mais ce qui fut permis à sa diuinité,
Seroit insupportable à ma temerité.
Aussi ne veux-ie pas en vser de la sorte,
Vn fardeau si pesant veut vne main plus forte,
Et ie croy que la Cypre à d'assez bons esprits
Pour emporter l'honneur d'vn si superbe prix,
Vous les verrez Seigneur; mais voicy Poliante.

THEMISTE.

Ie ne sçay quel succez doit suiure son attente,
Mais si ie ne me trompe il fait voir dans ses yeux,
Qu'il vient auec l'espoir d'vn destin glorieux.

C ij

SCENE TROISIESME.

POLIANTE, ORIANE, ARBANES, FALANTE
GELIASTE, THEMISTE, EVDROME.

POLIANTE.

ADorable Oriane, & vous illuſtres Prin-
ces,
Qu'on deſir genereux ameine en ſes Prouinces,
Excuſez mon deſſein ſi par vn vain effort,
I'oze apres vous tenter le caprice du ſort :
Ie ſçay bien que ie ſuis vn peu trop temeraire,
Que ma confuſion doit eſtre mon ſalaire,
Mais puis que tout dépend d'vn aueugle deſtin,
Mon proiet peut auoir vne agreable fin,
Et i'en vay maintenant faire l'experience.

ORIANE.

Eſperez moins du ſort que de voſtre ſcience,
Vous voyez Poliante & la boette, & le prix.

POLIANTE.

Ouy ie voy mon bon-heur en ces diuins escrits.

prenant
la boet-
te.

ENIGME.

Souuent sans y penser ma mere me fait naistre,
Cette inhumaine aussi reffuse à me nourir,
Ceux qui me font du bien loing de le reconnoistre,
I'exerce mon adresse à les faire souffrir:
Bien que ie sois sans corps, & d'essence inuisible,
I'agis dessus les corps, & ie me rens sensible:
Mais ne pretendez pas me connoistre par là,
Car tantost ie suis humble, & tantost plein d'au-
dace,
Ie suis Tyran, flatteur, tantost feu, tantost glace,
Et mon estre pourtant n'est rien de tout cela.

Le sens de cette Enigme est assez difficile,
Mais ie ne feray pas vne espreuue inutile,
En cette obscurité ie voy beaucoup de iour,
Et ce quelle vous cache est seulement amour.
Toutes ces qualitez le font assez connoistre,
Souuent sans y penser les dames le font naistre,
Et ce sexe inhumain au lieu de le cherir,
Apres l'auoir produit reffuse à le nourir:

Alors qu'il a receu ce traitement estrange,
Sur quelque pauure Amant le barbare se vange,
Il se plait de le voir au milieu des douleurs,
Et le traistre en riant se nourit de ses pleurs.
Cét enfant est sans corps, & d'inuisible essence,
Nos corps sentent pourtant l'effect de sa puissance,
Et selon que le veut son pouuoir souuerain,
Nous auons au visage vn air triste, ou serain:
Quelquefois il est humble, & parfois son audace
Le porte à desarmer le Dieu mesme de Trace,
Tantost par flatterie il entre dans vn cœur,
Et tantost en Tyran il s'en fait le vainqueur:
Outre ces qualitez que ie vous ay depeintes,
A des desirs bruslans il ioint de froides craintes,
Et pourtant on ne peut iustement asseurer
Qu'il soit rien de tout ce qu'on m'a veu declarer.

ORIANE.

Acheue Poliante, acheue ton ouurage,
Cypre qui te va rendre vn solemnel hommage,
Ne te regarde plus qu'auec les mesme yeux
Dont elle considere, & ses rois & ses Dieux.

POLIANTE.

I'acheueray, Madame, & pour vous satisfaire
Il ne faut qu'assembler ce diuin caractere,

Où faisant rencontrer les cinq lettres d'amour;
Cette boette va rendre une couronne au iour.

La boette souure.

EVRIDEME.

Il est vray Poliante, & la mesme couronne,
Que voftre esprit nous rend, la Cypre vous la donne.

FALANTE.

Receuez cette pourpre, & comme souuerain
Auecque le pouuoir prenez le sceptre en main.

POLIANTE.

Ie reçois ces honneurs, & les illustres marques
Dont la Cypre à tousiours honnoré ses Monar-
ques,
Mais braues Cypriens ie veux vous témoigner
Que mon ambition est bien moins de regner,
Que de vous faire voir que mon ame n'aspire
Qu'à l'affermissement de ce superbe empire,
Et que doresnauant vous trouuerez en moy
L'affection d'vn frere, & le support d'vn Roy.
Mais vous qui m'esleuez en ce degré supréme
Et me donnez vn rang qui m'esgale à vous mesme,
Ne desirez vous pas suiure les volontez,
D'vn pere qui mourant à soubmis vos beautez;

Se tour-
nant
vers
Oria-
ne.

A celuy qui feroit cette heureuse ouuerture,
Dont ie viens à vos yeux d'acheuer laduanture;
Si vous ne voulez pas m'honnorer de ce prix,
Ie rendray librement le sceptre que i'ay pris,
De cet indigne front i'osteray la couronne,
Et ie despouilleray lesclat qui m'enuironne,
Afin que quelque obiet plus charmant à vos yeux
Ait ces biens qui sans vous me semblent odieux.

ORIANE.

Vous auez merité cette grandeur auguste,
Aussi pour vous l'oster Oriane est trop iuste,
Cypre vous à donné la qualité de Roy,
Et pour la confirmer, ie vous donne ma foy.

POLIANTE.

Apres cette faueur qui n'a point de pareille,
Ie n'ay plus de desirs, adorable merueille,
Sinon que desormais la clemence des Dieux,
Me conserue long-temps vn bien si precieux.

FALANTE.

Comme à vostre dessein ils ont esté propices,
Ils auront soing encor d'accroistre vos delices,
Et bien-tost leur bonté vous va mettre en vn point
D'où la felicité ne se separe point.
POLIANTE.

POLIANTE.

Allons donc de ce pas belle, & diuine Reine,
Remercier les Dieux (où plustost Hermogene)
Puis que i'en ay receu ce secret si charmant,
Qui me fait grand Monarque, & bien-heureux
Amant.

D

ACTE II

SCENE PREMIERE.

POLIANTE, CLINDOR.

POLIANTE.

Epesche toy Clindor, va trouuer
Hermogene,
Et fay qu'auecque toy ton adresse
l'ameine,
Pour plus facilemẽt l'obliger à venir
Dy qu'vn Prince puissant le veut entretenir,
Et brusle du desir de cette courtoisie,
Dés lors qu'il aborda les murs de Nicosie;
S'il demande son nom tu ne luy diras pas,
Mais tu prendras le soing de conduire ses pas,
Iusques dans ce Palais où ie pourray l'attendre,
S'il prend en ma faueur la peine de si rendre.

CLINDOR.

Ie vay suiure (Seigneur) cet ordre de tout point Il sort.

POLIANTE, seul.

Hermogene verra ce qu'il n'espere point,
Et bien que son esprit soit & subtil, & rare,
Il ignore pourtant ce que ie luy prepare;
Mais Narcize l'aduance, allons la receuoir.

SCENE DEVXIESME.

POLIANTE, NARCIZE,

POLIANTE, voyant Narcize toute pensiue.

Ny songez plus ma sœur, bien-tost vous allez
voir,
Cet agreable obiet dont voftre ame est blessée,
Et vos yeux vont iouyr du bien de la pensée,
Hermogene en vn mot qui doit icy venir,
Vous entretiendra mieux que voftre souuenir.
Non n'en rougissez point, vne plus belle flame
Ne sçauroit embrazer voftre cœur, ny voftre ame,
I'approuue ce dessein qu'on ne peut trop loüer

D ij

HERMOGENE,

NARCIZE.

Il est aussi trop beau pour le desaduoüer :
Ouy mon frere il est vray, ie cherie Hermogene,
Cet aymable estranger est l'autheur de ma peine,
Ie pense incessamment aux rares qualitez,
Dont il peut asseruir les plus grandes beautez,
Et comme son esprit à fait vostre puissance,
Ie ioints l'affection à la reconnoissance.

POLIANTE

Pour la reconnoissance elle est de mon deuoir,
I'ay receu ses bien-faits, c'est à moy d'y pouruoir,
Reposez vous sur moy de ce soing agreable,
Et dont vous allez voir vn effect admirable.

NARCIZE.

Quel sera cet effect si rare, & si charmant ?

POLIANTE.

Il sera chere sœur digne de vostre Amant.

NARCIZE.

Ce secret est-il tel qu'on ne le puisse apprendre ?

POLIANTE.

Rentrons: dans vn moment tu le pouras compren-
dre.

SCENE TROISIESME.

HERMOGENE, CLINDOR.

HERMOGENE.

CE Prince est vn obiet que ie ne vis iamais.

CLINDOR.

Vous le verrez Seigneur, entrez dans ce Palais.

D iij

SCENE IV.

HERMOGENE, ALTIRSE, TYRINTE, CLINDOR, PHILISTE.

HERMOGENE.

Amis me ferez vous parler à voſtre Maiſtre?

ALTIRSE.

Grand Prince ſeul icy vous auez droit de l'eſtre,
Nous ne cognoiſſons point d'autres maiſtres que
    vous,
Seul vous nous commandez, & diſpoſez de nous.

HERMOGENE.

Moy ie ſuis voſtre Maiſtre? ô le plaiſant caprice!
Depuis quand eſtes vous entrez à mon ſeruice?
Qui de mes afficiers à fait vn ſi beaux choix?

TYRINTE.

Vn deſtin bien-heureux nous a mis ſoubs vos loix,
Dés lors que vous auez abordé Nicoſie.

HERMOGENE.

Ie suis trop redeuable à voſtre courtoiſie ;
Mais mon ſort inegal à ma condition,
M'empeſche de reſpondre à voſtre affection.

PHILISTE.

Il faut que vous ſoyez d'vne haute naiſſance,
Si voſtre qualité paſſe voſtre puiſſance,
Car fuſſiez vous vn Roy, vous ne ſçauriez auoir
Plus de biens, de grandeurs, de train, ny de pou-
    uoir.
Voyez ce beau Palais où l'œil rauy contemple,
Vne profuſion qu'in'eut iamais d'exemple,
Ces meubles precieux, les treſors qu'il contient,
Et ſoyez aſſeuré que tout vous appartient.

HERMOGENE.

Quoy que Prince ie ſuis vn reſte de naufrage ;
Et ie ne pretens rien en ce noble heritage ;
Ce n'eſt pas cet eſpoir qui me conduit icy,
Ceſſez doncq deſormais de me iouër ainſi :
Ie viens au mandement que ma fait voſtre mai-
    ſtre,
Ne me derobez point l'honneur de le connoiſtre :
Où s'il eſt empeſché vous pouuez l'aduertir,

Ayant affaire allieurs que ie m'en vay sortir.

ALTIRSE.

Quel cheual vous plaist-il? icy les escuries
Sont pleines des plus beaux.

HERMOGENE.

Treue à ces railleries,
Ce ieu m'est à la fin importun & suspect,
Vous me deuez traiter auec plus de respect,
Et croire que ie suis assez considerable,
Pour ne vous pas seruir d'entretien, & de fable.

CLINDOR.

Seigneur faites de nous vn meilleur iugement,
Et sortez quant & quant de vostre estonnement;
Ce que nous vous disons, le deuoir nous l'ordonne,
Ce Palais est à vous, & le Roy vous le donne,
Par son commandement nous venons vous seruir.

HERMOGENE.

Vn bon-heur si soudain pouroit bien me rauir,
Mais n'ayant pas l'honneur d'estre en sa connois-
sance,
I'admire iustement cette magnificence,
Et i'ay bien de la peine à me persuader,

Que

Que ie doiue en effect ces trefors poffeder.
Peut-eſtre ce Palais, & toute cette pompe,
Ne ſont qu'illuſions d'vn charme qui me trompe,
Et ces ameublemens qui paroiſſent ſi beaux,
Ne ſont rien en effet que de vilains lambeaux,
Qu'vn noir enchantement fait feruir de parure,
Aux funeſtes debris d'vne vieille maſure.
Mais quel eſclat nouueau ſe preſente à mes yeux? Polian-
Ce Palais ſeroit-il la demeure des Dieux, te &
Narcize
Qu'on y voit arriuer des beautez ſans pareilles? paroiſ-
fent.
Pour moy ie ſuis confus de toutes ces merueil-
　　les,
Et mon bon-heur eſt tel en cette occaſion,
Que ie doute a bon droit de ſa poſſeſſion.

E.

SCENE V.

POLIANTE, HERMOGENE, NARCIZE,
& quelques gardes.

POLIANTE.

Qvitte l'estonnement genereux Hermogene,
Possede ces tresors, & ne sois plus en peine,
De quelle mains tu tiens ces superbes presens ;
Ton esprit ma presté les biens que ie te rens,
Et mesme tu pourrois te plaindre en ce partage,
Si ie n'auois dessein de faire d'auantage :
Ouy diuin estranger ie te veux faire voir,
Combien vn bon office à sur moy de pouuoir ;
Ie te dois mes Estats, ie te dois ma couronne,
Tu m'as donné le sceptre, & ie te l'abandonne
Dispose librement de mon authorité,
Et croy que ie faits moins que tu n'as merité.

HERMOGENE.

Sire, parmy l'erreur où ce discours me plonge
Ie pense seulement faire quelque beau songe,
Et de quelque bon-heur qu'on me veille flatter

Mon sort, & mes deffaux m'obligent d'en douter:
Ie vous ay dites, vous donné le diadéme?
Comment l'aurois-ie fait, si i'en manque moy-
    mesme ?
Puis-ie estant estranger vous donner des Estats ?
Et disposer icy des biens que ie n'ay pas.

POLIANTE.

Ouy tout Roy que ie suis, ie suis ta creature ;
Et pour mieux t'exprimer cette estrãge aduanture
Souuien toy du secret que tu m'as descouuert,
De mon trône par la le chemin m'est ouuert,
Par cet heureux moyen i'occuppe cet Empire,
Et ie iouys des biens qu'à laissez Zenopire.
Mais pour toy ma faueur ne veut rien espargner,
Icy sans estre Roy tu te verras regner,
Mes desirs te rendront ma puissance commune,
Et nous n'aurons iamais qu'vne mesme fortune,
Pourueu qu'encore vn coup tu veiulles m'obliger.

HERMOGENE.

Que faut-il que ie fasse ?

POLIANTE.

           Adorable Estranger,
Encor que ta vertu me soit vne asseurance,

De ta fidelité comme de ta prudence
Ie souhaitte portant que ta discretion,
Responde à la grandeur de mon affection,
Qui te coniure icy de ne dire à personne,
Que cest à ton esprit que ie doy ma couronne.
Hermogene il est vray, tu deuois la porter,
Et i'occupe le trône ou tu pouuois monter,
Mais bien que pour l'auoir i'aye vsé d'artifice,
Croy pourtant que ma main te rend vn bon office,
Quand pour rendre ton sort, & plus doux, & plus
    beau,
Elle oste de la tienne vn si pesant fardeau :
N'estant que depuis peu descendu dans cette Isle,
La qualité de Roy te seroit inutile;
Pour gouuerner vn peuple, & dôpter ses humeurs,
Il faut auparauant en connoistre les mœurs,
Sçauoir ses passions, ses defaux, sa foiblesse,
Et s'il faut le regner par force, ou par adresse :
Le trône sans cela n'est qu'vn champs specieux,
Qui nous donne a combattre vn serpent furieux,
Vn monstre rauissant, vne hydre a mille testes,
Et dont à tout moment on souffre les tempestes :
Regarde apres cela si ie te faits du tort
De courir à l'orage, & de te mettre au port.
         HERMOGENE.
Grand Prince asseurez vous que ie voy sans enuie

L'effet dont auiourd'huy voſtre adreſſe eſt ſuiuie,
Et que ſi ie me plains en cette occaſion,
Ceſt de vous voir douter de ma diſcretion;
Mais regnez Poliante, & gouuernez cette Iſle,
Ie ſeray plus diſcret que ie ne fus vtile,
Et ie vous feray voir qu'en l'heur de vous ſeruir,
Ie treuue tous les biens qui me puiſſent rauir.

POLIANTE.

Ie te dois Hermogene vn plus ample ſalaire,
Et mon affection te veut traiter en frere,
Pour témoigner au moins que par de beaux effets,
Ie tâche de reſpondre aux biens que tu m'as faits:
Ie te le dis encore adorable Hermogene,
Ie dois a ton ſecours la grandeur ſouueraine,
Qui me fait reſpecter en qualité de Roy;
Mais ton eſprit diuin auroit peu faict pour moy,
Si ie ne poſſedois auec cette aduanture,
Le plus parfait obiet qui ſoit en la nature;
I'eſtois auparauant inſenſible à l'amour,
Ma franchiſe m'eſtoit plus chere que le ie ir,
Mais depuis que i'ay veu les beautez de ma Reine
Ses charmes ont banny mes deſdains & ma haine,
Et m'ont fait aduoüer que la felicité,
Se trouuoit en ſes fers mieux qu'en la liberté:
C'eſt de toy que ie tiens cette rare merueille,

Et ie veux si ie puis te rendre la pareille
Par vn heureux hymen te faisant possesseur
Des biens, & des beautez qu'on admire en ma
    sœur:
Cypre la tousiours mise au rang des plus parfaites
Mille amans aupres d'elle ont trouué leurs defaites
Mais si ton cœur d'aignoit l'honnorer de ses feux,
Ce glorieux espoir borneroit tous ses vœux,
Elle a de ton merite vne ample connoissance,
Et ton premier abord gaigna sa bien-veillance,
Si bien qu'elle pourra se resoudre aisément
A cherir vn obiet qu'elle treuue charmant.

HERMOGENE.

Quelle apparance ô Dieux! qu'vn reste de nau-
    frage,
Reçoiue dans la Cypre vn si grand aduantage!
Que le rebut du sort, & la haine des Cieux,
Treuue dans ses malheurs vn port si glorieux:
Ah ie voy bien qu'icy la fortune se ioue,
Et qu'elle ne mesleue au plus haut de sa roue,
Qu' afin que me voyant à ce point de grandeur,
Elle me precipite auec plus de rigueur.

NARCIZE.

Non non ne craignez pas vn si triste presage,
Le calme doit tousiours succeder à l'orage,

Et le fort qui vous a si long-temps combatu
Doit respecter enfin vostre illustre vertu :
Cet aueugle demon qui contre vous s'irrite ,
A trauers son bandeau cognoist vostre merite ,
Et quelque rude assaut qu'il ayt pû vous donne
Il sçait bien toutefois qu'il vous doit couronner ,
C'est icy que le ciel, & que les destinées
Rendront d'oresnauant vos peines terminée :
Et que vous trouuerez l'agreable seiour
D'où ne sortent iamais le repos , ny l'amour.

HERMOGENE.

Confus comme rauy ie ne sçay que respondre ,
A cet offre obligeant dont ie me sens confondre ,
Sinon que vous voulez montrer que vos bontez ,
Sont extremes tousiours ainsi que vos beautez.

POLIANTE.

Tes conseils m'ont acquis vne beauté si rare ,
Que te prodiguant tout , ie suis encore auare :
Mais ie la voy venir , pour te persuader
Regarde cet obiet a qui tout doit ceder ,
Voy cette Maiesté, ces attraits , cette grace ,
Et iuge apres cela ce qu'il faut que ie fasse
Pour celuy qui ma fait vn don si precieux.

HERMOGENE.

Vous me charmez l'oreille , & cet obiet les yeux.

La Reine paroist.

SCENE SIXIESME.

POLIANTE, HERMOGENE, ORIANE,
NARCIZE, & quelques gardes.

POLIANTE.

MA Reine vous voyez l'estranger admira-
ble,
Que tant de qualitez rendent incomparable,
Voila dis-ie, Madame, vn Prince reuestu,
De tous les ornemens que donne la vertu :
Nous deuons l'estimer, & l'honneur nous inuite,
De traitter comme il faut vn si rare merite.

HERMOGENE.

Madame, vous voyez vn Prince infortuné,
Que le couroux du ciel auoit abandonné,
A toutes les fureurs de la terre & de l'onde,
Si les tristes debris de ma nef vagabonde,
N'eussent heureusement rencontré dans ce port :
La fin de ma misere, & de mon mauuais sort :
Ouy, Madame, voicy l'Estranger miserable,

Qua

Q ûe vos feules bontez, rendent confiderable,
Et qui n'eft reueftu d'aucune qualité,
Q ûe du zele qu'il a pour voftre Maiefté,
Vos infignes faueurs me conferuent la vie,
La perdre auffi pour vous eft toute mon enuie,
Et le trait de la mort me femblera bien doux,
Si ce que ie vous dois, ie le donne pour vous.

ORIANE.

Grand Prince, c'eft en vain que voftre modeftie,
Tafche de nous cacher la meilleure partie,
De ces rares vertus dont vous eftes doüé,
Defia voftre difcours vous a defadoüé,
Et par fon eloquence il nous a fait paroiftre
Ce que le temps enfin euft toufiours fait connoi-
ftre:
Mais fans ouyr vos faits, n'y voir vos actions
On peut affez iuger de vos perfections,
L'efclat maieftueux qui luit en ce vifage,
En eft vn infaillible & trop clair témoignage.

NARCIZE.

Si l'on pouuoit douter de cette verité,
Ie la confirmerois d'vne ample authorité,
Puis que i'eus la premiere, & l'heur & l'aduan-
tage

F

D'entretenir ce Prince eschappé du naufrage,
Qui malgré ses desseins le ietta sur ces bords,
Ou son diuin genie estalle ses tresors :
Mais pour ne point connoistre vn merite si rare,
Il faut estre sans yeux, insensible, & barbare.

HERMOGENE.

Ie suis confus, Madame, en cet extréme honneur,
Il est vray, vostre abord fut mon premier bon-heur
Et vous fustes alors l'Aurore de cet Astre,
Dont la douce influence a finy mon desastre.
Mais la seule pitié qu'excita mon malheur,
Me fit traitter de vous auec tant de faueur.

NARCIZE.

Il est vray que d'abord ie pleignis la fortune,
Que vous fit ressentir le couroux de Neptune,
Et ie maudis alors ce perfide Element,
De vous auoir traitté si rigoureusement.
Mais dés que i'eus cogneu combien par ce naufra-
ge,
Cypre alloit receuoir d'honneur, & d'aduantage,
Je condamnay ma plainte, & benis le couroux
Qui vous fut si cruel, pour nous estre si doux.

POLIANTE.

Ne parles plus ma sœur de ses peines passées
Vn destin plus heureux les doit rendre effacées,
Puis que i'ay resolu de le mettre en vn rang,
Digne de ma grandeur, & digne de son sang:
Il faut pour cet effect que nous allions ensemble,
Au palais, ou desia mon conseil qui s'assemble,
Est prest de l'establir, & de luy decerner
Les honneurs, & le rang que ie luy veux donner.

SCENE SEPTIESME

LYSIDE, FALANTE.

LYSIDE.

Quoy Falante, ay-ie assez d'appas, & de
merite,
Pour t'obliger encore à me rendre visite?
Non ie ne creus iamais que le riual d'vn Roy,
Voulust tant s'abaisser que de songer à moy.

FALANTE.

Cher obiet de mes vœux.

F ij

LYSIDE.

Tu te trompe Falante,
Ie ne suis pas l'obiet qui borne ton attente,
Ie n'ay point dans la Cypre vn pouuoir souuerain,
Point de couronne en teste, ou de sceptre en la
    main;
Ie ne suis pas la Reine, ingrat, ie suis Lyside.

FALANTE.

Et Lyside est ma Reine.

LYSIDE.

Ame double, & perfide,
Il est vray ie la suis, quand ton ambition
Ne porte pas si haut ton inclination,
Mais quand ta vanité te promet des couronnes
Cet espoir orgueilleux fait que tu m'abandonnes,
Oriane est l'obiet qui flatte tes desirs,
Tu te ris de mes feux, comme de mes souspits ;
Mais Falante, auiourd'huy la chance est bien
    changée,
L'obiet de ton amour m'a luy-mesme vangée,
Puis qu'apres les appas d'un espoir deceuant
Tu n'as (Prince volage) emporté que du vent.

FALANTE.

Croy ce que tu voudras adorable Lyside,

Traitte moy d'inconstant, d'ingrat, & de perfide,
Mais ie veux que le ciel qui lit dedans nos cœurs,
Me fasse ressentir ses plus viues rigueurs,
Si ie brulay iamais d'vne flame nouuelle,
Si ie ne fus tousiours & constant, & fidele,
Et si ie ne puis pas me dire iustement

LYSIDE.

Aussi dissimulé, que malheureux Amant.
Il est vray ie l'aduouë, vne nouuelle flame,
Depuis ton changement n'a point brulé ton ame;
Mais aussi, déloyal, ie ne te puis celer
Qu'on ne t'a pas donné le loisir de bruler:
L'amour qui te flattoit d'vne belle apparance,
A fait dés le berceau mourir ton esperance,
Et les difficultez de ce noble proiet
Te rameinent enfin à ton premier obiet,
Mais puis qu'vn foible appas de grandeurs in-
    certaines,
Ta si facilement retiré de mes chaisnes,
Tu retournes en vain, & sçache desormais,
Que qui rompt mes liens ne les porte iamais :
Ne fay donc pas encor des efforts inutiles,
Les ressors de mon cœur ne sont pas plus faciles,
Que ceux de cette boette où ton esprit confus,
A fait voir à tes yeux vn si honteux refus.

F iij

FALANTE.

Qu' auec peu de raison ta rigueur me condamne,
D'auoir brizé mes fers en faueur d'Oriane,
Et que tu connois mal en cette occasion,
Le veritable but de mon intention :
Il est vray i' ay tenté cette noble aduanture,
Où tu croy sans raison que ie t'ay fait iniure.
Mais quelque opinion qu'elle te fasse auoir,
Ie ne suis point sorty des termes du deuoir :
I'ay voulu disputer à mille petits Princes
L'honneur de commander à ces belles Prouinces,
Où plustost témoigner aux plus ambitieux,
Que Falante auoit droit d'y pretendre comme eux :
Alors si le destin m'eust esté fauorable,
Mon amour eust fait voir vn effet admirable :
Et Lyside eut cogneu par vn noble mespris,
Que ie n'aspirois point à ce superbe prix :
Mais que i'estimois plus l'obiet de mon martyre,
Que les vaines grandeurs d'vn sceptre, & d'vn
Empire.

LYSIDE.

Falante, ces discours, & ces beaux complimens,
Sont auiourd'huy communs aux perfides Amans,
Iamais dans leurs desseins ils ne manquent d'ex-
cuses,

Et s'ils sont sans raisons, ils ne sont point sans ruses;
Mais quoy que vous disiez vostre infidelité,
Ne se rira iamais de ma facilité,
Lyside void trop clair dans tous vos artifices,
A toutes les beautez vous offrez vos seruices,
Toutes vous les aymez, & toutes seulement
Seruent à vos mesprits de diuertissement:
Mais croyez moy Falante, employez mieux vos
   peines,
Icy vostre esperance, & vos feintes sont vaines,
Vn autre obiet rendra vos desirs plus contens.

FALANTE.

Quoy ie perdray, Madame!

LYSIDE.

                    Et l'espoir & le temps,
Si quelqu'autre dessein allieurs ne vous attire.

FALANTE.

O rigoureux arrest! adieu ie me retire,
Puis que ie vous desplais, mais i'espere qu'vn iour
Le temps vous fera mieux connoistre mon amour.
LYSIDE.
Et par le mesme temps vous aurez connoissance,
Qu'il falloit en m'aimant auoir plus de constance.

ACTE III.

SCENE PREMIERE.

POLIANTE, NARCIZE.

POLIANTE.

 *Vy ma sœur, il est temps que sans dissi-*
    muler,
    Ie te descouure vn mal que ie ne puis
    celer :
Bien qu'vn ardent amour ait mon ame saisie,
Il n'en peut toutesfois chasser la ialousie,
Ce noir, & froid serpent s'empare de mon cœur,
Et ie crains qu'à la fin il n'en reste vainqueur :
Pour nourir mon amour, Oriane a des graces
Dont les puissans rayons feroient fondre des glaces :
Mais dedans mes soupçons ie treuue des froideurs
Capables destouffer les plus viues ardeurs ;
Si bien qu'en mesme temps ie ressens dãs mon ame,

                         Vn

Vn combat eternel de glaçons, & de flame,
Et ie suis incertain a qui ie dois ceder.

NARCIZE.

Laissez vous seulement à l'amour posseder,
Et ne reiettez pas les loix de son Empire,
Pour vn monstre odieux qui tasche à le destruire;
Mais encor quel suiet, & quelle occasion,
Peuuent donner naissance à cette passion?
Ou plustost quel effet de crainte, & de foiblesse,
Produit dans vostre esprit le serpent qui vous
      blesse.
La Reine à des attraits : mais ils sont innocens,
Et sont respectueux aussi bien que puissans,
Ie la croy vertueuse, autant comme elle est belle,
Elle est trop sage enfin pour vous estre infidele,
Vous soupçonnez a tort ce chef-d'œuure des cieux.

POLIANTE.

La Reine a des attraits, & le monde a des yeux.

NARCIZE.

Si le monde à des yeux c'est pour voir vn miracle,
Mais a ses passions le respect sert d'obstacle,
Et l'admiration qui borne ses plaisirs,
Ne luy permet iamais d'aller iusqu'aux desirs.

G

H E R M O G E N E,
P O L I A N T E.

Toutes les loix d'amour ne font pas si seueres,
Souuent de ses subiets il fait des temeraires,
Et i'apprehende fort qu'a ma confusion,
Cet enfant ne produise vn nouuel Ixion.

N A R C I Z E.

De cet audacieux il n'auroit que la peine.

P O L I A N T E.

Ie redoute pourtant

N A R C I Z E.

Qui Seigneur?

P O L I A N T E.

Hermogene.

N A R C I Z E.

Ah! que cet estranger ne vous soit pas suspect

P O L I A N T E.

Il a beaucoup d'attraits,

NARCIZE.

Mais bien plus de respect.

POLIANTE.

I'en veux dés a present faire l'experience,

NARCIZE.

Gardez de l'offencer par cette deffiance,
Vous y deuez au moins proceder sagement,

POLIANTE.

On ne peut en ce cas agir trop seurement,
En ce dessein pourtant i'auray beaucoup d'adresse.

NARCIZE.

Vous le deuez aussi; mais adieu ie vous laisse,
Car cette ialousie auecque son poison
Pourroit comme la vostre infecter ma raison.

G ij

SCENE DEVXIESME

POLIANTE, LYSIDE.

POLIANTE.

Qve Lyside à propos à Narcize ſuccede!
Sans doute ceſt le ciel qui l'enuoye à mon
 ayde:
Il la faut arreſter: Madame,

LYSIDE.

Sire.

POLIANTE.

O Dieux!
Qu'vn fauorable ſort vous ameine en ces lieux!

LYSIDE.

Il le ſera (Seigneur) ſi le ſoing qui m'ameine,
M'accorde le bon-heur de ſaluer la Reine.

POLIANTE.

Et deuant que d'entrer en ſon appartement,

Si de voſtre entretien ie iouys vn moment.

LYSIDE.

Sire, mon entretien ſans appas, & ſans graces,
Ne peut-eſtre ſouffert que par ces ames baſſes,
Qui n'ont iamais gouſté les douceurs de la Cour

POLIANTE.

Ah! Lyſide, ou pluſtoſt beau chef-d'œuure d'a-
    mour,
Que cette modeſtie à nulle autre ſeconde,
Offence cette bouche en merueilles feconde,
Ouy vos diſcours, Madame, ont des attraits ſi
    doux,
Qu'vn Dieu pour nous charmer parleroit comme
    vous,
Et ie me ſens rauy de pouuoir ſans obſtacles,
Vous entendre en ce lieu prononcer des oracles.

LYSIDE.

Sire, ie ſuis confuſe, & voſtre Maieſté,
Croit ſans doute parler à quelqu'autre beauté :
Peut-eſtre vous penſez entretenir la Reine.

POLIANTE.

Vous l'eſtes de mon cœur,

L Y S I D E.

Ie ne suis pas si vaine,
Oriane y preside auec trop de pouuoir,
Et ce cœur est vn bien, quelle doit seule auoir.

P O L I A N T E.

Ce cœur qui vous cherit, mesprise son audace,
Il est pour vous de flame, & pour elle de glace.

L Y S I D E.

Vostre hymen vous deffend vn si perfide tour

P O L I A N T E.

Hymen est sans pouuoir, quand il est sans amour.
Son orgueil en vn mot me chocque, & m'impor-
　tune,
Aussi n'ay-ie espousé d'elle que sa fortune;
Et si ie me suis mis soubs ce ioug odieux,
Son sceptre, & sa couronne ont plus fait que ses
　yeux.
Mais vous qui possedez vne douceur extréme,
Ie ne le puis celer, Lyside, ie vous ayme,
De cette affection i'attens tous mes plaisirs,
Où si vostre rigueur s'oppose à mes desirs,
Il faudra qu'a vos yeux vn Monarque perisse.

LYSIDE.

Quel transport si soudain, ou plustost quel caprice,
Vous porte (grand Monarque) à cette extremité?

POLIANTE.

L'excez de mon amour & de vostre beauté.
Me forcent de ceder au pouuoir de vos charmes,
Contre qui la raison a d'inutiles armes.

LYSIDE.

Hé bien quoy que ce soit trop de presomption,
De croire qu'vn Monarque ayt tant de passion,
A cherir vn obiet indigne de sa flame,
Ie le croiray Seigneur,

POLIANTE.

Ah croyez le Madame!
Et pour en receuoir des preuues deformais,
Trouuez vous auiourd'huy sur le soir au Palais,
Dedans l'appartemem que vous dira Tersandre.

LYSIDE.

I'auray puis qu'il vous plaist le bon-heur de my
  rendre.

POLIANTE.

Nous iouyrons alors d'vn plus libre entretien,
Adieu.

LYSIDE, s'en allant.

Qui promet tout, souuent ne donne rien.

SCENE TROISIESME.

POLIANTE, seul.

Qve ce sexe est credule, & qu'il faut peu d'a-
dresse,
En matiere d'amour pour vaincre sa foiblesse,
Tout rit à mes desseins, tout succede à mes vœux
Lyside est disposée à tout ce que ie veux,
Et cét aueugle obiet qui ne void pas ma feinte
Suiura la passion dont son ame est atteinte:
Mais quelque vain espoir que la belle ayt conçeu,
Vn beau change tantost le rendra bien deçeu,
Si le reste du ieu respond à mon attente:
Hermogene de vray la peut rendre contente,
Si bien quelle auroit tort de se plaindre d'vn tour

Qui

Qui luy donne vn obiet digne de son amour.
Il reste maintenant de tenter Hermogene,
Enuoyons le querir de la part de la Reine,
Et pour mieux attirer ce Prince ingenieux,
Employons vne lettre à luy charmer les yeux;
Imitons, & la main, & le seing d'Oriane,
S'il a pour cet obiet quelque dessein prophane,
Nous le descouurirons, & sans rien hazarder
Nous sauuerons vn bien qu'il voudra posseder.

SCENE QVATRIESME.
ORIANE, LYSIDE.
ORIANE.

ME dy tu vray Lyside? odieux! est il possible
Qu'a mon affection l'ingrat soit insensible?
Ne se souuient-il plus qu'il ma donné sa foy?
Qu'il tient de ma faueur la qualité de Roy!
Et qu'il ne seroit pas en ce degré supréme
S'il n'auoit de ma main reçeu le diadéme?
Ah lasche successeur d'vn Prince genereux!
Trop infidele espoux d'vn obiet mal-heureux!

H

Quelle aueugle fureur, ou quelle humeur estran-
   ge,
Te conseillent si tost de recourir au change?
Manquay-ie de beauté, de charmes, ou d'amour?
Quoy donc ie ne sçaurois te captiuer vn iour,
Et ta legereté qui n'a point de seconde
Me rendra la risée, & la fable du monde?
Ah ce penser me tuë, & cette trahison,
Malgré ma resistance emporte ma raison.

LYSIDE.

Calmez tous ces transports, moderez vous, Ma-
   dame,
Et rendez, s'il vous plaist, le repos à vostre ame,
Amour vous veut trahir; mais ie sçay les moyens
D'arrester Poliante en ses premiers liens.

ORIANE.

Ah Lyside! qu'à tort tu veux que ie modere
Les iustes mouuemens dont mon ame s'altere,
Et que ton iugement me vient mal a propos,
Dans vn trouble si grand conseiller le repos;
Non non c'est vainement que ton discours me flatte
Il faut en cét affront que ma douleur esclatte,
Et que ie fasse voir par mon ressentiment,
Combien vn tel mespris me touche viuement.

Mais pluſtoſt pour auoir vne entiere allegeance
Lyſide, s'il ſe peut courons à la vangeance,
Et puis que tu cognois l'obiet de ſon amour,
Faiſons qu'auec ſa flame elle perde le iour.

LYSIDE.

Ah! Madame, quittez l'erreur qui vous poſſede,
Et n'ayez pas recours à ce faſcheux remede,
Ce malheureux obiet qui fait voſtre couroux,
Merite à mon aduis vn traitement plus doux.

ORIANE.

Ce malheureux obiet qu'amour rend mariuale
Doit attendre a ſon crime vne vangeance égale,
Et croire qu'Oriane eſt de condition,
A ne pas endurer vne laſche action:
Mais que differe tu, nomme moy la perfide,
Qu'idolatre le Roy?

LYSIDE.

Madame, c'et Lyſide.

ORIANE.

Lyſide?

LYSIDE.

Ouy Madame,

ORIANE.

Ah ie ne le croy pas!

LYSIDE.

Ie sçay bien que ie n'ay que de foibles appas,
Que ma beauté n'a point ces adorables marques,
Qui sçauent asseruir les esprits des Monarques,
Et que ma vanité n'auroit point de raison,
D'ozer auecque vous faire comparaison:
Toutesfois Oriane excusez mon audace
Si ce que ie vous dis est de mauuaise grace,
N'aguere Poliante au mespris de sa foy,
M'a iuré que son cœur ne bruloit que pour moy,
En vain i'ay mesprisé sa passion naissante,
Ma froideur à rendu son ardeur plus puissante,
Et ie n'ay pû iamais sortir de son pouuoir,
Qu'apres auoir promis de m'y rendre ce soir.

ORIANE.

Hé bien Lyside va: contente son enuie
Donne luy les tresors dont son ame est rauie
D'vne amour reciproque assouuis ses desirs;
Ie ne troubleray point le cours de vos plaisirs,
La mort prendra le soing de finir mon martyre,
Et tu pouras monter de ma couche, à l'empire.

LYSIDE.

Madame, en ma faueur changez d'opinion,
Lyside a peu d'amour, & moins d'ambition :
Le Roy croit m'abuser auec ses caresses,
Et ie le veux tromper par mes feintes promesses.
Quittez donc s'il vous plaist, ce triste sentiment,
Qui vous fait auiourd'huy parler si hardiment,
Montrez vous genereuse au milieu de l'orage,
C'est parmy les mal-heurs que paroist le courage,
Si le Roy vous trahit, brauez sa passion,
Et vous seruez du temps, & de l'occasion.
Allez au rendez vous où te denois l'attendre,
Il ne manquera pas sur le soir de s'y rendre,
Et vous pourez alors en toute seureté
Luy reprocher sa faute, & sa legereté,
Mais pour executer seurement cet affaire,
La prudence, Madame, est icy necessaire.

ORIANE

Lyside ne crains rien, cet important secret,
Ne pouuoit rencontrer vn esprit plus discret.

LYSIDE.

Quand d'vn si rude coup, nous nous sentons at-
teindre,

H iij

Il est bien mal-aisé de souffrir & de feindre,
La langue quelquesfois peut bien dissimuler,
Mais quand elle se taist, les yeux sçauent par-
  ler,
Et le cœur trop pressé des ardeurs de sa flame
Montre par ses souspirs les blessures de l'ame.

ORIANE.

Non non pour luy cacher ce trait ingenieux,
Ie mettray bien d'accord & ma langue, & mes
  yeux,
D'vn front tousiours égal, & d'vn mesme visage
Ie souffriray l'abord de ce Prince volage,
Et i'empescheray bien qu'aucun de mes discours
Ne ruyne l'effect d'ou i'attens du secours,
Ouy Lyside tantost dans la chambre royale,
I'iray tenir le rang d'espouse, & de riuale:
Mais pour mieux abuser les yeux de cet Amant
Ie me veux déguiser soubs ton habillement.

SCENE CINQVIESME.

HERMOGENE, CLINDOR.

HERMOGENE, tenant vne lettre.

CE mot vient dites vous de la part de la Rei-
     ne?
Ah cet excez d'honneur rend confus Hermogene!
Pour vn simple mortel son destin est trop doux,
Et cet auguste escrit se doit lire a genoux :
Voyons ce qu'il contient, & sçachons quel mistere
Fait paroistre a mes yeux ce diuin caractere.

ORIANE, A HERMOGENE.

Hermogene vn secret pouuoir
Me force a rompre mon silence,
Pour te dire la violence
Qui me porte sans cesse au desir de te voir,
   Quand la nuict sur ses sombres voiles
      Fera paroistre les estoiles,
Rens toy dans le Palais en la chambre du Roy
   Tu dois respondre a mon enuie,
Poliante est absent, & tu peux sur ma foy,
   Venir ou l'amour te connuie.

Veille-ie? où si ie dors? Dieux que voy-ie paroistre!
Quoy la main d'Oriane à tracé cette lettre?
Et malgré sa grandeur ce chef-d'œuure des cieux,
Sur vn obiet si bas daigne ietter les yeux?
Ah Clindor ce bon-heur à trop peu d'apparence,
Et ie serois trop vain d'auoir cette esperance.

CLINDOR.

Il est vray toutesfois, adorable estranger,
Qu'Oriane vous ayme, & vous deuez iuger.
Par l'important secret que la Reine vous mande,
Que ie faits seulement ce qu'elle me commande.

HERMOGENE.

Clindor, encor vn coup, puis-ie m'en asseurer?

CLINDOR.

Vous le poüuez, Seigneur,

HERMOGENE.

                        Il te faut adorer:
Puis que ton ambassade en charmes si feconde,
Me doit rendre bien-tost le plus heureux du monde,
Va, dit luy que i'auray le bon-heur de la voir.

CLINDOR.

Elle aura soing aussi de vous bien receuoir.

                            SCENE VI.

SCENE SIXIESME.

HERMOGENE, seul.

IMportune raison, hé bien que doy-ie faire ?
Seray-ie tout ensemble ingrat, & temeraire ?
Dois-ie esteindre le feu dont ie me sens espris,
Et faire à son ardeur succeder le mespris ?
Non, pour y consentir, Oriane est trop belle,
Il faut aller aux lieux ou sa beauté m'appelle,
Et renoncer plustost à la clarté du iour,
Qu'à la felicité que m'offre son amour.
Mais que dis-ie insensé ? puis-ie bien m'y resou-
　　dre,
Sans craindre en mesme temps les careaux de la
　　foudre ?
Non non, cette action est indigne de moy,
Et ma temerité doit espargner vn Roy :
Etouffons vn dessein qui n'est pas legitime,
Ne recognoissons pas ses bien-faits par vn crime,
Brisons tous nos liens, rompons nostre prison,
Mettons au front d'amour les yeux de la raison,
Et ne permettons pas qu'vne ardeur criminelle,
Me fasse reprocher que ie suis infidelle.

I

Mais il est le premier enuers moy deloyal?
Il vsurpe le sceptre, & le bandeau royal,
Qui deuoient honnorer & ma main, & ma teste!
Sans luy ce noble Empire eust esté ma conqueste,
Sans luy cette beauté qui fait ma passion,
Me verroit dans le bien de sa possession,
Et sans ses trahisons cette diuine Reine
Pouroit innocemment caresser Hermogene.
Bien : qu'il regne, il n'importe, accordons luy ce
    point ;
Laissons luy des grandeurs qui ne nous touchent
    point :
Mais puis que de ma main il tient cet aduantage,
Oriane sera mon prix & mon partage.
Soupçons retirez vous, doutes, craintes, terreurs,
Ne m'entretenez plus de vos folles erreurs,
Sortez de mon esprit, laissez agir ma flame,
Et respectez l'obiet qui regne dans mon ame.
Oriane m'attend, Amour conduit mes pas
Au seiour bien heureux où brillent ses appas,
A mes nobles desseins montre toy fauorable ;
Et toy nuict des Amans confidente agreable,
En faueur de mes feux aduance ton retour,
Et finy ma langueur aussi bien que le iour.

ACTE IV.

SCENE PREMIERE.

HERMOGENE, & CLINDOR, caché.

HERMOGENE.

Eesse du repos, belle, & chaste Dia-
ne,
Qu'il me voüs arriuer au Palais d'O-
riane,
Tiens toy dans le silence, & ne descouure pas
Le dessein amoureux qui guide icy mes pas ;
Ainsi sois tu tousiours dans le ciel adorée,
En la terre cherie, aux enfers reuerée,
Et puisse tu tousiours charmer Endymion,
Au gré de tes desirs, & de ta passion.
Mais entrons promptement que quelqu'vn ne
nous voye,
Dieux ! ie meurs tout ensemble & de crainte, &
de ioye.

I ij

CLINDOR.

Le galand eft entré, mais tantoft veiulle, ou non,
Il ne fortira pas fans nous dire fon nom,
Ie m'en vay cependant aduertir Poliante,
Que cet heureux Amant eft auec fon Amante.

SCENE DEVXIESME.

HERMOGENE, ORIANE,
dans la chambre.

HERMOGENE.

Adorable beauté.

ORIANE.

Dieux! qu'eft-ce que ie voy?

HERMOGENE.

L'obiet de vos defirs.

ORIANE.

Vous n'eftes pas le Roy.

HERMOGENE.

Nonie ne le suis pas belle, & charmante Reine,
Ie ne suis pas le Roy, ie suis vostre Hermogene,
Qui viens témoigner en cette occasion,
Et mon obeïssance, & mon affection,
Vous le voyez, Madame,

ORIANE.

Et c'est ce qui m'estonne,
De vous voir en ce lieu.

HERMOGENE.

Ie faits ce que m'ordonne,
Vostre commandement.

ORIANE.

Quand l'auez vous reçeu?

HERMOGENE.

Aujourd'huy,

ORIANE.
De ma part?

HERMOGENE.
Ouy,

ORIANE.
Vous estes deçeu,

I iij

Et peut-estre en dormant les chimeres d'vn songe,
Ont mis dans vostre esprit l'erreur de ce mensonge.

H E R M O G E N E.

Non non, vn songe vain n'a point trompé mes
    sens,
Vous auez donné l'estre à l'amour que ie sens,
Et ie ne sçay pourquoy vous faites l'estonnée,
De l'assignation que vous m'auez donnée?

O R I A N E.

I'ay bien suiet d'auoir vn tel estonnement,
De grace est-ce folie, ou diuertissement,
Qui vous fait auiourd'huy me parler de la sorte?

H E R M O G E N E.

Madame, ma raison ne fut iamais si forte.

O R I A N E.

Vos discours toutesfois ne le témoignent point,
Et ie ne fus iamais effrontée a ce point,
Que d'auoir entrepris cette iniuste licence,
Au mespris de mon rang, & de mon innocence,
Allez, retirez vous.

H E R M O G E N E.
            Quel charme iustes Dieux!

Peut enchanter ainſi mon oreille, & mes yeux!
En l'eſtat ou ie ſuis i'ay peine a me connoiſtre,
De mon crime, Madame, accuſez cette lettre
Elle a fait mon amour, & ma temerité.

ORIANE.

D'où vous vient cet eſcrit?

HERMOGENE.

De voſtre Maieſté.

ORIANE.

De moy?

HERMOGENE.

De vous Madame,

ORIANE.

Ah par ſon caractere
Peut-eſtre en pourrons nous deſcouurir le miſtere,   Elle lit
Voyons. Tous ces proiets ne ſe font pas en vain,   la lettre
Des traiſtres pour nous perdre ont imité ma main;
Quel homme, ou quel demon, vous a fait ce meſ-
ſage
HERMOGENE.

Clindor

ORIANE.

'Ah ceſt aſſez, n'en dites pas d'auantage,
Je reconnois la fourbe, ah ie tremble!

HERMOGENE.

Pourquoy?

ORIANE.

C'eſt que cè trait fatal vient de la part du Roy,
Qui bleſſé de l'erreur de quelque ialouſie,
Suiura les mouuemens dont ſon ame eſt ſaiſie,
Par vn ſi lâche tour il veut nous eſprouuer,
Et nous ſommes perdus s'il vient à vous trouuer,
Taſchez à la faueur de l'ombre & du ſilence,
D'éuiter s'il ſe peut ſa funeſte preſence.

HERMOGENE, allant pour ouurir la porte.

J'obeïs : ô deſtins à ma perte animez!
Madame, s'en eſt fait nous ſommes enfermez,
Quel conſeil ſuiurons nous? quels moyens? quelles
routes?

ORIANE.

Parlez bas, car peut-eſtre il en eſt aux eſcoutes,
Curieux de ſçauoir quel eſt noſtre entretien.
HERMOGENE.

HERMOGENE.

Laiſſez moy donc parler, & ne reſpondez rien,
Ie vay par vne adreſſe a nulle autre pareille,
Abuſer ſon eſprit, & tromper ſon oreille.

SCENE TROISIESME.

POLIANTE, ORIANE, HERMOGENE.

POLIANTE. aux eſcoutes.

IE ne veux pas ſi toſt diuertir leurs amours;
Ceſt aſſez que d'icy i'entende leurs diſcours.

HERMOGENE.

Que faites vous, Madame? hé quoy depuis vne
    heuꝛe
Que ie ſuis arriué dedans cette demeure,
Vous n'auez pas ouuert la bouche, ny les yeux,
Eſtes vous inſenſible? ou vous ſuis-ie odieux?

POLIANTE.

Elle ne reſpond rien: c'eſt qu'elle eſt meſcontente,

K.

De trouuer Hermogene, au lieu de Poliante.

HERMOGENE.

Parlez, parlez, Madame, & dites franchement
Ce qui vous a causé ce soudain changement,
Vous pouuez m'aduoüer le regret qui vous touche.
Mais la honte vous ferme & les yeux, & la bou-
    che,
Et voſtre cœur preſſé d'vn iuſte repentir,
Quand vous voulez parler, n'y ſçauroit conſen-
    tir.
Ah que vous faites bien de garder le ſilence !
Ayant oſé commettre vne ſi laſche offence,
Que d'auoir eu deſſein de violer la foy,
Et le ſacré reſpect que vous deuez au Roy.
Peut-eſtre vous croyez qu'vn amour temeraire,
Ait fait naiſtre en mon cœur le deſir de vous plaire,
Mais ie ne viens icy que pour vous reprocher
Le meſpris d'vn treſor qui doit eſtre ſi cher,
Et pour vous remonſtrer qu'vne indiſcrette enuie
A penſé vous rauir leſclat de voſtre vie.
Ah Madame ! comment ? & pour quelle raiſon
Auez vous pû ſonger a cette trahiſon ?
N'auez vous pas vn Prince en qui le ciel aſſemble
Les plus rares vertus qu'ayt tout le monde enſem-
    ble ?

Pouuiez vous esperer vn espoux plus parfait,
Et desapprouuez vous ce que le ciel a fait?
Mais a ce que ie voy, vous rentrez en vous mesme
Vous aymez Poliante autant comme il vous ay-
   me,
Ce monarque vous plaist, & vous ne songez plus
A faire contre luy des proiets dissolus,
Son merite vous force à la reconnoissance,
Et vostre changement m'impose le silence,
Q u'en cette occasion ie n'eusse pas gardé,
Vous trouuant en l'estat que vous m'auiez mandé
Ouy sans ce repentir que vous faites paroistre,
I'eusse esté vers le Roy luy montrer vostre lettre,
Et si ie n'eusse pas irrité son couroux,
Ie l'aurois obligé de s'asseurer de vous.

POLIANTE, ouurant la porte sans entrer.

Q u'a tort ie soupçonnois vn Amy si fidele!
Hermogene.

HERMOGENE.

Seigneur

POLIANTE.

       Q uitte vn peu cette belle
Le iour te fera mieux connoistre ses appas.

SCENE QVATRIESME.
POLIANTE, HERMOGENE.
POLIANTE, continuë.

CE que tu crois (*Amy*) peut estre n'est-il pas,
Et ie viens a propos pour te tirer de peine :
Dy le vray, tu pensois entretenir la Reine ?
Et tu crois qu'Oriane entendoit tes discours
Quand ma voix maintenant en a rompu le cours :
Mais apprens auiourd'huy qu'vne subtile ruse
Deçoit ton iugement, & que ton œil s'abuse.
Oriane repose en son appartement ,
Et ie me suis donné le diuertissement
De flatter ton esprit d'vne belle esperance,
Dont tu n'as veu pourtant qu'vne fauce appa-
    rance.
Lyside a ma priere est venuë en ces lieux,
Et c'est par cet obiet que i'ay trompé tes yeux,
La Reine ne sçait rien de toute l'entreprise.

HERMOGENE.

Sire ie suis confus, & mon ame surprise
M'oblige d'implorer de vostre Maiesté
Le pardon qu'elle doit a ma credulité.
Il est vray que i'ay tort d'auoir creu qu'Oriane
Pust iamais conceuoir quelque dessein prophane;
Et ie reconnois bien que mon aueuglement
Me la fait soupçonner un peu legerement :
Mais Sire cette feinte auoit tant d'apparence,
Qu'elle a dans mon esprit trouué quelque crean-
     ce,
Et cette opinion m'a si bien combatu,
Que i'ay sans y penser outragé la vertu,
L'accusant sans raison, & la croyant coupable,
D'un crime dont iamais elle ne fut capable.

POLIANTE.

Va ne t'excuse point, ton respect m'est connu,
Et moy seul i'ay causé l'erreur qui t'a tenu
Sois discret seulement, & ne sois pas en peine ;
Adieu, retire toy ; ie vay trouuer la Reine,
Qui verra mon abord auecque plus d'ardeurs
Que Lyside a tes yeux m'a fait voir de froideurs.

SCENE CINQVIESME.

HERMOGENE, seul.

MEs yeux ne peuuent pas se plaindre de Ly-
   side,
Ie me plains seulement de ta fourbe, perfide,
Dont la noire malice a seduit mes desirs,
Pour me combler de maux plustost que de plaisirs.
Ta main a fait le coup dont mon ame est atteinte,
Ta main fit mon espoir, ton humeur fait ma crainte
Et la belle Oriane est l'agreable port,
Ou ie dois rencontrer ou ma vie, ou ma mort.
Ie sçay bien qu'en l'aymant ie te suis infidele,
Mais tu mas mis au sein l'amour que i'ay pour
   elle;
Par elle ta malice a blessé ma raison,
Et par elle tu dois faire ma guerison;
Ta lettre desormais me rend tout legitime,
Par elle tu tes fait complice de mon crime,
Et par cette raison tu te plaindras a tort,
Si la Reine, & l'amour fauorisent mon sort.

SCENE VI.

POLIANTE, retournant de chez Oriane.

REtirons nous Amour, reſpectons Oriane
Laiſſons dans le repos cette chaſte Diane,
Lyſide qui m'attend dans mon appartement
Pourroit bien s'ennuyer de mon retardement,
Ie ſçay bien que deſia l'impudique m'accuſe,
Mais ie vay m'en deffaire auec vne autre ruze,
Feignant de differer ſeulement pour vn iour,
La ſatisfaction promiſe à ſon amour.

SCENE SEPTIESME.

ORIANE, POLIANTE.

ORIANE.

LE voicy le ialoux : escoutons son langage,
Mais comme nos desseins, cachons nostre visage.

POLIANTE.

Leue les yeux Lyside, & ne me cache pas
Soubs vn voile importun de si charmans appas,
Ne traitte pas si mal l'amour de Poliante,
Puis qu'enfin son abord respond a ton attente,
Et qu'il vient faire hommage a ces diuins attraits
Dont il a ressenty la puissance, & les traits ;
D'ou viennent ces froideurs ? ne veux tu pas res-
pondre ?

ORIANE, leuant son voile.

Ouy ouy, Prince volage, ouy ie veux te confon-
dre,
Et que mes yeux témoins de tant de beaux effets
Te conuainquent ingrat, du tort que tu me faits.
Vrayment

Vrayment Lyſide a tort de n'eſtre pas venuë,
Voſtre amour meritoit d'eſtre mieux reconnuë,
Et cette paſſion qui charme vos eſprits,
Deuoit eſtre traittée auec moins de meſpris :
Il falloit ſatisfaire à cette noble enuie,
Ah laſcheté honteuſe, & fatale à ma vie !
Deſſein trop criminel, & trop ſenſible affront !
Qu'vne triſte couleur me va peindre le front.
Quoy Lyſide eſt cherie, & ie ſuis meſpriſée ?
Ie ſuis dans la diſgrace, elle eſt fauoriſée,
Et par l'aueuglement d'vn Roy que i'ay fait Roy,
Ma ſuiette auiourd'huy me donnera la loy ?
Ah le reſſentiment d'vn ſi viſible outrage !
Par de nobles tranſports reueille mon courage ;
Auſſi loing de le voir, & loing de le ſouffrir,
On verra femme, eſpoux, & riuale perir.

POLIANTE.

Que voy-ie, iuſtes Dieux ?

ORIANE.

　　　　　　Ce que tu vois infame?
T'étonne tu deſia de voir icy ta femme ?
Quoy l'abord de ce lieu ne m'eſt il pas permis ?
Non, ce droit deformais à Lyſide eſt promis ;
Et ſa rare beauté m'empeſche d'y pretendre.

L.

POLIANTE.

Me sera t'il au moins permis de me deffendre?

ORIANE.

Te deffendre ! & comment

POLIANTE.

Escoutez.

ORIANE.

Iustes Dieux !
Pense tu dementir mon oreille, & mes yeux ?
Ah sans auoir recours à l'vsage des charmes,
Tes discours pour me vaincre auront de foibles ar-
　　mes,
Ainsi que sans raison, ils seront sans pouuoir.

POLIANTE.

Vostre oreille & vos yeux se peuuent deceuoir.
Il est vray que Lyside a mes vœux complaisante
Deuoit icy venir, & s'estoit mon attente ;
Mais vous deuiez sçauoir que mon intention,
N'estoit pas de me rendre à l'assignation,
Pour elle mon amour n'estoit rien qu'vne feinte,
Et vos yeux ont desia condamné vostre plainte

Puis qu'ils vous ont fait voir ce credule eſtranger
Que les loix du deuoir vous ont fait negliger.

ORIANE.

Mais pour quelles raiſons à t'il pris voſtre place?

POLIANTE.

Trop de credulité luy donna cette audace.

ORIANE.

Il faut qu'vn grand eſpoir l'ait fait venir icy.

POLIANTE.

S'il n'euſt pas eſté feint, il eſtoit grand auſſi.

ORIANE.

Quel en eſtoit l'obiet, & qui l'auoit fait n'aiſtre?

POLIANTE.

Vn eſcrit ſuppoſé.

ORIANE.

De qui?

POLIANTE.

De vous peut-eſtre.

ORIANE.

De moy, ce tour eſt tel qu'on ne peut l'approuuer.

POLIANTE.

I'ay voulu par ce tour Hermogene eſprouuer.

ORIANE.

Quel pretexte auez vous pour cette fantaiſie,

POLIANTE.

Mon diuertiſſement

ORIANE.

Où voſtre ialouſie.

POLIANTE.

Hé bien ouy ie l'aduoüe, & ma ſoible raiſon
Ne reſiſte qu'a peine à ce mortel poiſon.
Ce monſtre inceſſamment tient mon cœur à la gei-
　　ne,
Et pour me trauailler il ſe ſert d'Hermogene.

ORIANE.

Pour n'eſtre pas ainſi laſchement abatu,
Il falloit à ce monſtre oppoſer ma vertu,

Quoy mon affection vous est elle suspecte?
Ne sçauez vous pas bien comme ie vous re
ete?
Et que le sacré nœud qui nous a pû lier
Me prescrit vn deuoir qu'on ne peut oublier?

POLIANTE.

Il est vray: mais Madame, excusez ma foiblesse

ORIANE.

Ie ne vous puis souffrir en l'erreur qui vous blesse,
Estouffez ce serpent fatal à nostre amour,
Dissipez vos soupçons, ou priuez moy du iour.

POLIANTE.

Vos vertus ont desia dissippé cet ombrage,
Et mon amour renaist auprès de ce vsage,
Dont les puissans attraits sçauent si bien charmer,
Qu'il faut ne les point voir pour ne les pas aymer:
Ouy, Madame, viuez dedans cette cereance

ORIANE.

Ie vay me reposer dessus cette asseurance,
Attendant que de main le iour, & mon deuoir
Accordent à mes yeux l'honneur de vous reuoir.

I. iij

SCENE VIII.

POLIANTE, seul.

QVel demon ennemy du repos de ma vie
A produit les effets dont ma fourbe est suiuie,
Et trahy les desseins que i'auois entrepris,
Que dans mes propres rets moy-mesme ie suis
     pris ?
Pour esprouuer autruy, ie faits vn stratageme,
Ie treuue toutesfois qu'on m'esprouue moy-mes-
     me,
Et qu'vn effect contraire à mon intention,
Fait tourner toute chose à ma confusion.
Ie croyois que ma feinte eust Lyside abusée,
Mais ie connois enfin qu'elle est la plus rusée,
Et que plus attachée à la Reine qu'a moy,
Elle seule à causé le succez que ie voy;
Son habit m'est tesmoing de cette confidence,
Et ie la punirois de son intelligence,
Si ma discresion ne craignoit iustement,
D'offencer Oriane en ce ressentiment:

Et puis son action à beaucoup de iustice,
Puis qu'en son procedé ma Reine est sa complice :
Et que i'ay le premier commencé le proiet,
Dont ie croyois tromper cet innocent oblet ;
Apres l'enseignement que Lyside me donne,
Ie ne veux desormais me fier à personne,
Et dedans mes desseins par cet aduis prudent
Ie seray tout ensemble & maistre, & confident.

ACTE V.

SCENE PREMIERE.

POLIANTE, NARCIZE.

POLIANTE.

Ermogene dy tu, ne m'eſt pas ſi fidele
Qu'il n'ayt encore au ſein cette ardeur cri-
   minelle,
Er ce coupable amour que ſon cœur a conſeu !
Quoy donc par ſes diſcours l'inſolent ma deſceu ?
Ah perfide auiourd'huy ie te feray connoiſtre,
Qu'il ne fait iamais bon ſe ioüer à ſon maiſtre,
Que Poliante icy ne ſouffre point dégaux,
Non pas meſme les Dieux s'ils eſtoient ſes riuaux,
Et fuſſe tu plus grand, que tu n'es temeraire
Ie te rendray bien toſt peu capable de plaire :
Mais dy moy chere ſœur quelles inuentions,
Tont deſcouuert le but de ſes intentions ?

NARCIZE.

NARCIZE.

Amour ce petit Dieu de tourmens, & de flames,
Ce boureau de nos cœurs, ce tyran de nos ames,
M'empeschant de gouster les douceurs du sommeil,
Ie me suis esueillée auesque le Soleil :
Aussi tost i'ay porté la teste à la fenestre,
Et presque en mesme temps mes yeux ont veu pa-
  roistre,
Hermogene au iardin accoudé tristement
Du costé que la Reine à son appartement.
D'abord considerant sageste, & sa posture,
I'ay bien iugé qu'amour luy donnoit la torture,
Mais ignorant l'obiet de ce triste soucy,
I'ay rendu sur ce point mon esprit esclaircy :
Descenduë au iardin ie me suis escoulée
Promptement, & sans bruit, tout le long d'vne
  allée
Dont le bout respondoit au lieu que cet Amant
Auoit trouué si propre à plaindre son tourment.
Ie l'ay veu quelque temps, sans qu'aucune parole,
Trahist sa passion ; enfin il se desole
Et d'vn accent meslé d'vn souspir amoureux,
Oriane (a t'il dit) que ie suis mal-heureux,
De voir iniustement soubs vne autre puissance,
Vn bien dont ie pouuois auoir la iouyssance.

M

A ces mots il finit son funeste discours,
Dont vn triste sanglot à diuerty le cours,
Et moy ie suis sortie n'estant assez certaine,
Qu'il mesprisoit Narcize, & qu'il aymoit la
    Reine.

POLIANTE.

Hé bien tu me blamois de l'auoir soupçonné,
Et tu disois hier qu'il estoit trop bien né,
Pour commettre iamais aucune perfidie,
Tu connois toutesfois qu'elle est sa maladie,
Et luy mesme t'apprend par ses traistres desseins,
Que les plus grãds esprits ne sont pas les plus sains.

NARCIZE.

Mon frere, il est bien vray que ie ne pouuois croire,
Qu'vn Prince pust commettre vne action si noi-
    re,
Et si ie n'auois veu quelle est sa vanité,
Ie douterois encor de sa desloyauté.
Mais enfin auiourd'huy ma raison mieux reglée,
Deschire le beandeau qu'il m'auoit aueuglee,
Et cet obiet qu'amour auoit fait mon vainqueur
Sortant de son deuoir est forty de mon cœur.

POLIANTE.

Et moy, si mon bon-heur seconde ma prudence,

Ie me riray bien-tost de son intelligence,
Et ie luy feray voir qu'il n'a point de suiet,
De faire contre moy ce perfide proiet.

NARCIZE.

Vostre ressentiment est iuste, & necessaire.

POLIANTE.

Aussi ne veux ie pas negliger cet affaire
Les remede tardifs ne sont iamais puissans,
On peut donner secours à des malheurs naissans :
Mais quand ils ont vielly, c'est en vain qu'on essa-
ye,
De fermer nettement cette importune playe.
Cherchons donc les moyens de sortir du danger,
Que nous a preparé ce subtil estranger,
Et par vn admirable, & nouueau stratageme
Sçachons asseurement si ma Princesse l'ayme.
Mais la voicy qui vient, & ie vay l'aborder,
Prend garde à la façon dont i'y vay proceder.

M ij

SCENE DEVXIESME.

POLIANTE, ORIANE, NARCIZE.

POLIANTE, continuë.

VOus venez a propos, vn deſſ in d'importance,
Me faiſoit deſirer icy voſtre preſence.

ORIANE.

Peut-eſtre cette nuict quelque ſoupçon nouueau,
Eſt venu derechef troubler voſt e cerueau,
Et voila ce deſſein d'importance, & de marque,
Qui trouble maintenant le repos d'vn monarque.

POLIANTE.

Non non, ne croyez pas qu'vn ſoupçon deceuant,
Occupent mon eſprit comme il a fait ſouuent :
Cet important proiet n'eſt pas imaginaire,
Ie ne faits pas vn monſtre afin de le deſfaire,
Et vous verrez bien-toſt des indices certains,
Et de ce que ie dis, & de ce que ie crains.

ORIANE.

L'autheur de ce proiet eſt ſans doute Hermogene,

NARCIZE.

Ouy, Madame,

ORIANE.

Ah Seigneur!

POLIANTE.

N'en doutez point ma Reine,
Ce superbe estranger par vn noir attentat
Conspire contre vous, & contre mon estat.

ORIANE.

De qui le sçauez vous?

POLIANTE.

D'vne illustre personne,

ORIANE.

Qui peut-estre le hait, & partant le soupsonne.

NARCIZE.

La seule verité l'oblige à l'accuser.

ORIANE.

Ouy : mais la verité se peut bien desguiser,

Et lors que l'on veut rendre vn innocent coupable
Souuent vn faux rapport paſſe pour veritable.

POLIANTE.

Ceſt vn point dont ie ſuis pleinement eſclaircy,

ORIANE.

Hé bien puis qu'il vous plaiſt, ie le veux croire
    ainſi :
Et puis que vous craignez l'effeɔt de cet orage,
Vous deuez prudemment éuiter le naufrage,
Et malgré l'eſtranger vous aſſeurer du port.

POLIANTE.

C'eſt ce que ie veux faire,

ORIANE.

                Et comment?

POLIANTE.

                      Par ſa mort.

ORIANE.

Par ſa mort? ah Seigneur! que la haine, ou l'enuie,
Vous emporte aiſement à condamner ſa vie :
De grace moderez cet arreſt rigoureux.

POLIANTE.

Cette iniuſte pitié me rendroit malheureux :

Le fort en eſt ietté, n'en parlons plus Madame,
Il ma voulu trahir, il en moura l'infame,
Et deuant que le iour nous oſte ſa clarté,
Il recevra le prix de ſa temerité.
Ie ne veux pas pourtant que ſon ſupplice eſclatte,
Pour m'en deffaire mieux, il faut que ie le flatte,
Afin qu' adroittement ie le faſſe venir
Au chaſteau de Cythere où ie le veux punir;
Là ſes iours finiront auecque ſon audace,
Et ſi pour cet effect i'ay choiſi cette place,
C'eſt que ie veux cacher au vulgaire ignorant,
La cheute d'vn mortel que i'auois fait ſi grand;
Mais a vous dont ie ſçay l'admirable prudence
Digne de mes ſecrets, & de ma confidence
Ie ne veux rien celer, de tout ce que ie faits
Certain que vous ſçaurez en taire les effets;
Adieu retirez vous, toy Narcize demeure.

ORIANE.

Et quand partez vous?

POLIANTE.

Au plus tard dans vne heure.

ORIANE.

Adieu faſſe le ciel que ce Prince eſtranger
S'il ſe treuue ſans crime eſchappe ſans danger.

SCENE TROISIESME.

P O L I A N T E, N A R C I Z E.

P O L I A N T E.

Narcize il eſt trop vray que la Reine eſt at-
teinte,
Et le feu de ſon cœur à paru par ſa plainte,
Vne feinte terreur luy donne vn vray tourment ;
Il faut de meſme ſorte eſprouuer ſon amant,
Et par vn autre trait de pareille nature,
Pour ſçauoir ſes deſſeins le mettre à la torture :
Oriane eſt deſia dans la peur d'vne mort,
Dont pourtant Hermogene éuitera l'effort ;
Pour mettre maintenant cet eſtranger en peine,
Allons le menaſſer du treſpas de la Reine,
Et pour mieux deceuoir ce riual imprudent,
Feignons de le choiſir pour noſtre confident :
I'eſproueray par là, s'ils ſont d'intelligence,
Car ce Prince abuſé d'vne fauce apparence,
Apprenant cet arreſt, ny pourra conſentir,
Et s'il ayme, ſans doute, il ira l'aduertir :
La Reine à qui le ſoing chatouillera l'oreille,

Pour le recompenser luy rendra la pareille,
Et le destournera de venir au chasteau,
Où i'ay dit que i'allois preparer son tombeau :
Ainsi ie connoistray les secrets de leurs ames,
Et ie descouuriray leurs impudiques flames,
S'ils se disent entr'eux, & reciproquement,
Les desseins qu'à tous deux i'ay dis separement.

NARCIZE.

L'artifice est adroit, & remply de conduite.

POLIANTE.

Tu verras dedans peu quelle en sera la suitte,
Mais voicy nostre Amant.

NARCIZE.

Que vostre Maiesté,
Excuse, s'il luy plaist, mon inciuilité,
Ie ne sçaurois souffrir ce monstre qui s'auance.

POLIANTE.

Hé bien retirez vous, & gardez le silence.

Icy Poliante fait semblant de resuer.

N

SCENE QVATRIESME.

HERMOGENE, POLIANTE.

HERMOGENE.

Q Voy Sire, quelle humeur vous fait ainfi ref-
uer?

POLIANTE.

Cette humeur vient du foing qui me doit conferuer

HERMOGENE.

Vous conferuer? ô Dieux que ce difcours m'eſton-
ne!
Auroit t'on attenté contre voſtre perfonne?

POLIANTE.

Ouy, tous les iours au moins ie cours mille dangers
Et tous mes ennemis ne font pas eſtrangers.

HERMOGENE.

Ie fuis bien eſtranger, mais ie vous fuis fidele.
POLIANTE.
Ie le crois Hermogene, ouy ie cognois ton zele,

Et pour cette raison ie te veux declarer,
Vn coup que ie veux faire, & que ie dois pleurer.

HERMOGENE.

Ce coup doit estre grand, & digne de remarque,
Mais les pleurs le rendront indigne d'vn Monarque.

POLIANTE.

Ah si tu connoissois quelle est ma passion,
Ie te verrois bien-tost chanher d'opinion.

HERMOGENE.

Si vostre passion est iustement conceuë
Pourquoy redoutez vous cette mauuaise issuë?
Sire ne faites rien, ou faites sans regret.

POLIANTE.

Tes aduis sont prudens, mais escoute vn secret
Dont comme tu verras l'importance est extréme,
Et tel que ie deurois le cacher à moy-mesme;
Toutesfois ton merite, & ton affection,
M'empesche de douter de ta discretion,
Et par vne admirable, & douce violence,
Me forcent maintenant à rompre mon silence,
Pour te dire mon mal, & pour te découurir

Que si ie veux regner la Reine doit mourir.

HERMOGENE.

Dieux ! que me dites vous ?

POLIANTE.

C'est qu'il faut que ie fasse.

HERMOGENE.

A ce triste discours mon sang est tout de glace,
Mais Sire, vous pouuez moderer cet arrest.

POLIANTE.

Ie ne puis Hermogene, & son supplice est prest.

HERMOGENE.

Quel crime vous oblige à la priuer de vie ?

POLIANTE.

Ie preuiens par sa mort son impudique enuie,
Et i'affermis ainsi le pouuoir souuerain,
D'vn sceptre qu'elle veut arracher de ma main.

HERMOGENE.

Quel que soit voftre mal le remede est bien pire,
Et son funeste effet vous coustera l'Empire,

Prenez garde Seigneur à ce triste proiet,
Et voyez quelle teste en doit estre l'obiet,
Considerez vn peu le rang de sa naissance,
De quelque qualité que puisse estre l'offence,
Elle est Reine, & de plus heritiere d'vn Roy,
Dont vous comme ce peuple auez receu la loy:
On l'ayme, on la cherit, & ie ne sçaurois croire
Que ce hardy dessein s'acheue à vostre gloire:
Donc si vous vous aymez, sortez de cette erreur
Et d'vn peuple insolent euit   'a fureur.

POLIA TE.

Ie ne redoute point le peuple, ny sa rage
Toutesfois pour mettre à couuert de l'orage,
Que pourroit m'exciter le bruit de cette mort,
Vn poison en secret acheuera son sort:
Ie vay pour cet effect au chasteau de Cythere
Où ie veux qu'auiourd'huy se termine l'affaire,
Adieu ie vay partir, toy va t'y preparer,
Et souuien toy sur tout de ne rien declarer.

HERMOGENE, s'en allant.

Ie vay tout de ce pas me mettre en equipage.

SCENE CINQVIESME.

POLIANTE, seul.

LE trouble de son cœur paroist sur son visa-
ge,
Et ie connois desia que loing de m'obeir,
Son indiscretion s'appreste à me trahir.
Toutesfois acheuons la ruse commencée,
Faisons voir à nos yeux leur amour insensée,
Et soubs des vestemens qui leurs soient inconnus,
Surprenons ce grand Mars auecque sa Venus.

SCENE SIXIESME·

HERMOGENE.

Onfus, triste, penſif, ie ne ſçay que reſoudre
Ayant ouy gronder l'eſpouuantable foudre,
Qui menaſſe auiourd'huy l'obiet le plus parfaict,
Et le plus innocent que la nature ait fait;
Empeſchez immortels le cours de ce deſaſtre,
Deſtins ne ſouffrez pas l'eſclipſe de cet aſtre,
Et toy Dieu des beautez, & des graces, Amour
Si tu ne veux perir, conſerue luy le iour;
Et deffaits vn tyran qui s'apreſte a deſtruire,
Le plus bel ornement qui ſoit en ton Empire.
Mais ſans perdre du temps en friuoles ſecours,
Taſchons en ce mal-heur de trouuer du diſcours,
Pour Oriane enfin mettons tout en vſage,
Et ſi nous ne pouuons la ſauuer du naufrage,
Aduertiſſons au moins cette chaſte beauté,
Du funeſte poiſon pour ſa perte appreſté.
Ceſt ainſi que ſans crime on peut eſtre infidele,
Et la diſcretion eſt icy criminelle,
Allons donc la trouuer, allons la ſecourir,
Et meſme s'il ſe peut la ſauuer ou mourir.

SCENE VII.

POLIANTE, deguisé.

PErsonne en cet estat ne me sçauroit connoi-
    stre,
Et dessoubs cet habit ie puis par tout paroistre
Mesme dans le Palais, sans crainte, & sans
    soupçon,
Ayant d'vn officier le port & la façon,
Ie veux en cet endroit espier Hermogene,
Non, obseruons plutost la chambre de la Reine:
Car peut estre desia cet infidele Amant
Est venu la trouuer dans son appartement,
Voyons, i'entens du bruit : ouy, le voila le traistre,
Le voila ce suiet si fidele à son maistre,
Escoutons ses discours.

SCENE VIII

SCENE VIII.

HERMOGENE, ORIANE, POLIANTE, caché.

HERMOGENE.

Ah Madame! ces pleurs
Me font voir que defia vous fçauez vos malheurs,
Et que ie viens trop tard vous apprendre vne cho-
ſe,
Où voſtre Maieſté peut-eſtre ſe diſpoſe;
Mais, Madame, du moins comme vous pou-
uez voir
Ie venois ſatisfaire aux loix de mon deuoir,
Et hazarder mes iours pour conſeruer les voſtres.

ORIANE.

Ayez ſoing de vous ſeul, & negligez les autres
Puis que voſtre malheur vous areduit au point,
De tout craindre Hermogene, & de n'eſperer point.

HERMOGENE.

Ouy, Madame, il eſt vray, mon malheur eſt extréme,

O

Car s'il s'attaque à vous, il en veut à moy-mesme,
Et pour cette raison ie veux vous secourir
Au mal-heur qui vous presse, & qui me fait
 mourir.

ORIANE.

Ie n'apprehende rien, nul danger ne me presse,
Et c'est pour vostre sort que i'ay de la tristesse.

HERMOGENE.

Vous ne sçauez donc pas qu'vn iniuste couroux
Vous destine à la mort.

ORIANE.

Mon sort sera plus doux,
Mais vous estes l'obiet de cette lasche enuie.

HERMOGENE.

Non non, le Roy Madame, en veut à vostre vie
Le poison pour vous perdre est desia preparé.

ORIANE.

Et pour vostre trespas le fer est aceré,

HERMOGENE.

De qui le sçauez vous?

ORIANE.

Ie le sçay du Roy mesme.

Et vous?

HERMOGENE.

Aussi du Roy, dont la fureur extréme
Veut auiourd'huy donner vn funeste cercueil,
A ceux qui sur le trône ont porté son orgueil:

ORIANE.

Tu le voids Hermogene,

HERMOGENE.

Ouy ie le voy Madame,
Et c'est le seul regret qui bourelle mon ame,
D'auoir mis sur vn trône ou ie pouuois monter,
Vn Tyran qui se plaist à nous persecuter.

POLIANTE, à la porte.

Ah cette trahison trop viuement me touche,
Poliante, il est temps de luy fermer la bouche,
Entrons:

O ij

SCENE NEVFVIESME.

POLIANTE, HERMOGENE, ORIANE.

POLIANTE, l'espée nuë à la main.

Traistre.

HERMOGENE.
Insolent.

POLIANTE.

Tu mouras de ma main

HERMOGENE

Ce coup empeschera ton proiet inhumain,
Barbare, qu'vn Tyran lasche autant que perfide
Vouloit indignement rendre mon homicide.

POLIANTE, tombant & ostant sa fausse barbe.

S'en est fait ie suis mort, ô miserable Roy!

ORIANE.

Que dit-il?

HERMOGENE.

Quay-ie fait? Dieux qu'est-ce que ie voy?

ORIANE.

O Ciel c'est Poliante!

HERMOGENE.

Ouy Madame,

ORIANE.

Hermogene

Ie me meurs.

HERMOGENE.

O destin! ah mon Prince! ah ma Reine!
Où suis-ie? que feray-ie? a qui doy-ie courir?
Demandez vous secours à qui vous fait mourir,
Non non, vous sçauez bien que cette main cruelle,
Pour vn si noble office est par trop criminelle,
Ie ne merite point cet honorable employ,
A quoy donc me resoudre? ah ma Reine! ah mon
Roy,
C'est trop deliberer, trop long-temps ie consulte,
Il faut, il faut mourir: Mais d'où vient ce tumulte
Sans doute ce sont gens que ma voix, ou les Dieux

Inspirent de venir en ces funestes lieux,
Pour voir, & pour vanger le trespas d'vn Mo-
narque,
Que ma fureur amis dans les bras de la parque.

SCENE DERNIERE.

HERMOGENE, POLIANTE, ORIANE, FAL.
CLINDOR, Trouppe de Cypriens.

HERMOGENE, continuë les voyant entrer.

ENtrez, entrez amis, & voyez deuant vous
L'impitoyable effet d'vn aueugle couroux,
Ne considerez point ce vestement funeste,
Mais par ce front royal, & l'esclat qui luy reste,
Cognoissez, vostre Maistre.

CLINDOR.

O ciel quel attentat
A reduit sa personne en ce funeste estat ?

HERMOGENE.

Moy moy que vous voyez, & qui sãs le cognoistre
L'ay perce de ce fer.

FALANTE.

Toy barbare, toy traiſtre?
Gardes ſaiſiſſez vous de ce monſtre odieux.

HERMOGENE.

Ie ne m'en deffens point.

CLINDOR.

Le Prince ouure les yeux,
Amis, il n'eſt pas mort, le voila qui reſpire
Sauuons en le ſauuant l'appuy de cet Empire,
Quelque leger eſpoir ſur ſa face ſe lit,
Pour le mieux ſecourir mettons le ſur vn lit.

POLIANTE.

Que faites vous amis? Que vous ſert tãt de peine?
Vos ſoins ſont ſuperflus, & voſtre attẽte eſt vaine,
Si vous penſez pouuoir me donner du ſecours
Contre l'arreſt fatal qui va finir mes iours:
Non non, d'vn front égal, & d'vn courage ferme
I'en attens auiourd'huy le déplorable terme,
Trop heureux que le ciel auparauant ma mort,
Permmette à ma vertu de reparer le tort
Que mon orgueil a fait au plus iuſte des Princes,
Dont trop indignement i'occuppe les Prouinces:

Ouy fideles fuiets ne penfez plus à moy,
Ie ne vous fuis plus rien, & voila voftre Roy,
A luy feul appartient le droit de cet Empire,
Et tout ce qu'en mourant à laiffe Zenopire.
Hermogene en vn mot que vous traittez ainfi,
Ma donné le fecret par où i'ay reuffi,
En cette fi celebre, & fi noble auanture
Qui donnoit de l'enuie à toute la nature,
A luy feul en font deubs & le prix, & l'honneur,
Et ie ne pretens plus empefcher fon bon-heur,
Rendez luy vos deuoirs, le ciel vous le commande,
La iuftice le veut, & ie vous le demande.
Ouy Prince genereux ie te rens tes Eftats,
Et quand bien ie pourois éuiter le trefpas,
Je ne defire point d'occupper d'auantage,
Vn bien dont tes vertus ont fait ton heritage :
Mais defors que mon fort m'aura fermé les yeux,
Ie coniure Oriane au non de tous les Dieux
Si de mes derniers vœux elle fait quelque eftime,
Qu'elle faffe de toy fon efpoux legitime.
Vous que mon artifice auoit fait mes fuiets,
Refpettez deformais ces deux nobles obiets,
Ils font vos fouuerains, ma puiffance eft iniufte,
Et ie l'auois rauie à ce Monarque augufte,
A qui les immortels me forcent de ceder,
Vn bien que fon efprit m'auoit fait poffeder.

Adieu

Adieu donc Oriane ; Adieu cher Hermogene,
Viuez long-temps heureux, sans froideur, & sans
    haine,
Et regnez dans la Cypre aussi paisiblement,
Que i'en quitte auiourd'huy le sceptre librement,
Adieu : par ma douleur ma force est affoiblie,
Et de mon triste corps mon ame se delie,
Les ombres de la mort errent deuant mes yeux,
Et la loy du destin m'appelle aupres des Dieux.

HERMOGENE.

S'en est fait il est mort, & ce Prince adorable
Nous fait voir de ses iours vne fin admirable,
Certes ie le regrette, & i'ay par son mal-heur
Vne bien veritable, & bien viue douleur ;
Quoy qu'il m'ait cy-deuant la couronne rauie,
Quoy qu'il ait eu dessein de me priuer de vie,
Ie proteste pourtant que ie plains son trespas,
Et qu'il me rend des biens qui ne me touchent pas :
Aussi comme en sa mort il s'est rendu celebre,
Il faut luy preparer vne pompe funebre
Digne de sa grandeur, & de la Maiesté
Dont il auoit le rang comme la qualité.
Cependant Cypriens, & vous belle Princesse
A qui si iustement Hermogene s'adresse,
                                        P

Ne consentez vous pas qu'il iouïsse des droits
Qu'ont tousiours possedé vos legitimes Rois ?
Suiuant l'intention du Prince Zenophire,
Ie deuois apres luy succeder à l'Empire,
Et si l'on marauy le prix qui m'estoit deu
Ce bien d'oresnauant me doit estre rendu.
Parlez donc Cypriens ,rompez vostre silence,
Faites naistre ,ou mourir cette haute esperance,
Deliberez de moy, disposez de mon sort,
C'est de vous que i'attens ou l'Empire ,ou la mort.

FALANTE, au nom de tout.

Non non, viuez Seigneur, & prenez la couron-
ne,
Qu'a cet illustre front Poliante abandonne ,
La Cypre ne sçauroit faire vn plus digne choix,
Et nous nous soubmettons au pouuoir de vos loix.

HERMOGENE.

I'ay tousiours esperé, Cypriens equitables
Que vos decrets vn iour me seroient fauorables,
Et que le ciel enfin vous permettroit de voir,
Qu'on exigeoit de vous vn iniuste deuoir,
Considerez amis quelle est sa prouidence :
Et comme elle est adroitte à sauuer l'innocence,

Poliante a tasché de me perdre auiourd'huy,
Ses traits sont toutesfois reiallis contre luy,
Et par vn accident qui sans cesse m'estonne,
La main qui m'attaquoit me laisse vne couronne,
O Dieux des innocens protecteurs immortels
Pour vn si grand bon-heur que ie vous doi d'Au-
tels !

FALANTE.

Le mal-heur est souuent la source de la gloire
Ainsi l'astre du iour sort d'vne couche noire,
Et le pompeux esclat de son diuin flambeau
Paroist apres l'orage & plus clair, & plus beau.

HERMOGENE.

Et vous chere beauté compagne de mes peines,
Rendrez vous auiourd'huy mes esperances vai-
nes ?
Vous opposerez vous au cours de mon bon-heur?

ORIANE.

Cypre vous faisant Roy, vous a fait mon Sei-
gneur,
Les destins l'ont voulu, Poliante & mon pere,
Vne si iuste loy veut que ie la reuere,

Et puis quelle vous donne vn rang si glorieux
Ie ne m'oppose pas aux volontez des Dieux.

HERMOGENE.

Agreable responce! arrest trop magnifique!
Allons donc Cypriens dans la place publique,
Receuoir les honneurs qu'on me veut decerner
Et le bandeau royal qui me doit couronner.

F I N.

www.ingramcontent.com/pod-product-compliance
Lightning Source LLC
Chambersburg PA
CBHW060825250626
47162CB00005B/1941